公爵子息の執着から逃げられそうにないので、逃げないことにしました

さき

24230

角川ビーンズ文庫

CONTENTS

ヴィクター・
リデット
公爵子息。
高い魔力量と魔法の
才能の持ち主
フルール・
フレッシェント
男爵令嬢。
自室に帰るだけの
魔法が使える
公爵子息の執着から
逃げられそうにないので、
逃げないことにしました

Characters

フレッシェント家

ルド

フレッシェント家の執事

シャレル

フルール付きの侍女。
カティスと双子

リデット家

カティス

リデット家の執事。
シャレルと双子

クレアン国

クリスティーナ・クレアン

クレアン国の王女

マチアス

クレアン国の宰相で、
クリスティーナの側近

本文イラスト／NRMEN

✦✦✦ プロローグ ✦✦✦

「フルール・フレッシェント、どうか僕と結婚してください！」

華やかなパーティー会場、その中央。

美しい濃紺色のスーツに身を包んだ少年が、赤色のドレスを纏った少女の片手を取ってプロポーズの言葉を贈る。

その光景は美しく、そして同時に微笑ましさに溢れていた。少年がまだ十歳でプロポーズされた少女もまた七歳と幼く、更には二人とも幼いながらに麗しい見目をしているから尚更、見守る者達の顔は愛おしいと言わんばかりに緩んでいる。

「ヴィクター様ってば本当に彼女の事が好きなのね」

「ほらご覧よ、フルール嬢ってば赤くなってしまって。なんて可愛らしいお二人だろう」

「きっと美男美女のお似合いな夫婦になるわ。楽しみね」

微笑ましそうな言葉があちらこちらから上がる。

そんな中、フルール・フレッシェントは自分の顔が熱くなるのを感じていた。きっと頬は真っ赤になっている事だろう。

目の前には立膝をついてこちらを見上げる少年。紺碧の瞳がじっとフルールを見つめてくる。

「ヴィクター……」

「フルールの事が好きなんだ。ずっと一緒に居たい。そばに居させてほしい」

乞うようなヴィクターの言葉にフルールは胸元を掴んでいた手にぎゅっと力を入れた。

心臓が大きな音を立てている。自分の体中に響いているかのような、むしろ体から溢れて外に響き渡ってしまいそうな大きな音。掴んだ手にさえも鼓動が伝わってくる。

頬の熱が頭の中にまで流れ込んだようで考えが纏まらない。ドキドキする。何かを言わなくてはと思っても、浮かんだ言葉は激しい鼓動に流されて消え去ってしまう。何も言葉が出てこない。

それでもとフルールは唇を開き……、

「そ、そういうのは大人になってからじゃないと駄目なの！」

必死な声で告げ、次の瞬間パッとその場から姿を消した。

「随分と昔の事を思い出しちゃった。……懐かしい」

フルールが誰にともなく呟いたのは自室の窓辺。外を見れば美しく整えられた庭が日の光を受けて輝いている。

十年も昔の記憶だがそれでも鮮明に覚えており、あの時のヴィクターの声までまるで昨日の事のように脳内で再生される。

そして思い出すと同時にフルールの頬がポッと赤くなった。

「手を取ってプロポーズなんて、急にそんな……ヴィクターってばいつもそう……」

誰も居ない部屋の中、ここには居ない人物の愚痴を漏らす。ついでに窓をペチンと軽く叩くのは八つ当たりだ。

そんな部屋にキィと微かな音が響いた。振り返れば扉がゆっくりと開かれる。

入ってきたのは執事服を纏った金色の髪の青年。整った顔付きに黒を基調とした執事服がよく似合う。フレッシェント家に仕えるルドである。彼は怪訝な表情で室内を見るも、フルールに視線を留めると今度は意外な人物を見たと言いたげに目を丸くさせた。

不在のはずのフルールの部屋。そこから聞こえてくる独り言……。怪訝に思い中を確認したところ部屋の主が不貞腐れた顔で窓辺に立っているのだから、彼が驚いたのも当然だ。

だが驚きこそすれども、声をあげたり怪奇現象だと騒いだりはせず、不思議そうに部屋に入ってきた。

「フルールお嬢様、どうなさったんですか？　避暑地からお戻りになるのは明日の夕刻では？」

「帰ってきちゃった」

「帰ってきちゃったって……。あぁ、いつものですか。申し訳ありません、ノックもせずに入ってしまって」

「良いのよ。玄関から帰ってこなかった私が悪いわ。でもせめて玄関に戻してくれれば皆に帰宅を知らせられるのに。我が魔法ながら気が利かないわね」

謝罪をしてくるルドをフルールは宥め、次いで「嫌になっちゃう」と愚痴をこぼした。今はもう何もかもが不満なのだ。

先程までは一人部屋の中で愚痴っていたが、こういう時は聞き役が居た方がいくらかは気分が晴れるというもの。幸い、愚痴相手に任命されたルドは逃げる事もせず嫌がる様子も見せず、むしろフルールの苦労を共有するように眉尻を下げた。

それどころか「すぐに紅茶を用意いたします」と告げて一度部屋を出ていく。これは「紅茶を片手にお話しください」という意味だろう。

これにはフルールも感謝を抱きつつ、テーブルセットに腰掛けた。

そうして手早く紅茶を手配してくれたルドを相手に、さっそくと愚痴を零す。

まず遡るのは馬車で避暑地に到着してからの事。今から数日前だ。

「お昼過ぎに避暑地に着いたのよ。森に囲まれた涼しい風が吹く湖畔……、夏を過ごすのにあそこ以上の場所は無いわ。だから誕生日までを別荘で過ごす予定だったの」

「えぇ、存じております。今年こそボートで湖を一周するんだと意気込んでおられましたね」

「ところが、よ。別荘に到着したら見慣れない建物がピッタリ横に隣接されてるじゃない。うちの別荘より豪華な屋敷よ。その玄関扉が開いて、誰が出てきたと思う!?」

「それは問う必要がございますか？」

分かりきった答えだと暗に言いたいのだろうルドの言葉に、フルールも思わず顔を背けて「無意味な質問だったわ」と返した。

別荘に隣接する、いつの間に建てられたのか分からない立派な建物。そこから当然のように現れたのは……。

「現れたのはヴィクターよ。滞在中に追いかけてくるだろうとは思っていたけど、まさか先に着いてるなんて思わなかったわ」

呆れを込めた声色でフルールが話し、次いでガクリと肩を落とした。

話は数日前に遡る。場所は避暑地の森の中、広い湖が眼前に広がる麓。

美しい景色に心奪われたかったフルールだったが、あいにくと心も視線も別荘の隣に立つ屋敷に釘付けだ。思わず貴族の令嬢らしからぬあんぐりと口を開けた唖然の表情まで浮かべてしまう。

そんな建物から出てきたのはリデット公爵家のヴィクター・リデット。薄水色の髪と紺碧の瞳が麗しいと社交界を騒がせる公爵子息である。男爵家のフルールと公爵家のヴィクターでは身分の差こそあるものの、両家は何代も前から懇意にしており、いわゆる幼馴染という仲だ。

……もっとも、ヴィクターは『幼馴染』では満足していないようだが。

それはさておき、当然のように建物から出てきたヴィクターはまるで待ち合わせをしていたかのようにフルールを出迎えてくれた。その堂々とした態度といったらなく、逆にフルールが「もしかしてヴィクターと過ごす予定だったかしら……？」と自分の記憶を疑って手帳を開いてしまうほどである。

ちなみに手帳にはそれらしい事は書かれていなかったので記憶違いでは無かった。それはそれでヴィクターがここにいる事が問題になるのだが。

「やぁフルール。ちょうどきみに会いたいと思っていたんだ。こんなところで会えるなんて嬉しいな。きっと僕の想いが伝わったんだ」

「別荘の場所を知られてるのは仕方ないとして、今日この日に来る事はどこから情報が漏れたのかしら……。屋敷には緘口令を敷いてるし、友達には詳しい日程は伝えないようにしてたのに。……まさか伯母様？　それとも従兄弟経由かも。でも親族を疑うのは辛いから深入りするのはやめましょう」

「ここは涼しくて過ごしやすい場所だから夏用の別荘を建てたんだ。そうしたらまさかフレッシェント家の別荘の隣だったなんて驚きだ」

「さすがにここまでピッタリ隣接しておいて偶然を装うのは無理があるわよ、ヴィクター」

一刀両断ぴしゃりとフルールが言い切ればヴィクターが爽やかに微笑んだ。……微笑むだけで何も言わないあたり、このまま誤魔化そうと考えているのだろう。バツの悪い話題は麗しい微笑みで流す、彼の常套手段の一つだ。

そうはさせまいとフルールはじっとりとした目つきで彼を見上げた。幼い頃は身長差もあまりなかったのに、いまやすっかりと頭一つ以上の身長差をつけられてしまっているではないか。今この状況ではそれすらも不満の一つだ。

だというのにヴィクターは動じず、むしろフルールに見つめられている事が――睨まれているのだが——嬉しいのか笑みが強まっていく。挙げ句に悪びれる事なく、柔らかく微笑み「そんなに見つめてくれて嬉しいな」とまで言ってのける始末。

凛々しさと品の良さを携えた美丈夫。女性ならば誰もが見惚れて熱っぽい吐息を吐いてしまいそうなほど麗しく整った顔。

そんなヴィクターが微笑む様は絵になっている。社交界の殆どの女性がこの笑みを前にすれば胸をときめかせるだろう。

だが残念ながらフルールはその『殆どの女性』には当てはまらない。ヴィクターの微笑みを前にしても胸をときめかす事は無く、むしろ彼の微笑みが麗しければ麗しいほど白々しく見えてくるのだ。

「そうやって微笑めば誤魔化せると思ってるの、バレバレなんだからね」

「フルールにはすべてお見通しか、参ったな。でもそれほど僕の事を知ってくれているのは嬉しいな。ところでフルール、立ち話もなんだから庭に行かないか？　フルールが好きそうなアーチを用意したんだ。眺められるようにテーブルセットを用意したし、お茶をしながら夏の予定を立てよう」

穏やかに微笑みながらヴィクターが促してくる。

いつの間にか別荘横に建てられた建物、ちゃっかりと庭に用意されているというフルール好みのアーチ、更には夏の予定……。リデット家の別荘だけでも驚きなのに矢継ぎ早に話が展開され、何をどこから尋ねるべきなのか分からなくなりそうだ。もはや呆れているのか怒っているのか自分の事さえも見失ってしまう。

そんなフルールの沈黙を肯定と取ったのか、ヴィクターが優雅に庭へとエスコートしてきた。


「それで、気付けばヴィクターと庭でお茶をしていたのよ。本当に勝手なんだから。……でも確かに素敵なアーチだったわ。レンガ造りで凄く可愛くてね、しかも眺めていたらリスが通っていったの！　どこで入手したのか聞くのを忘れちゃったのが惜しまれるわね」

「後でリデット家に聞いてまいります。それで、お茶をした後は？」

ルドに促され、アーチの事を考えていたフルールははっと我に返った。

次いで自ら話をそらしてしまった事を誤魔化すようにコホンと一度咳払いをし「それでね」と話を続けた。


まるで当然のように隣に屋敷を設けていたヴィクターに流されるように、避暑地での生活が始まった。

朝は別々だが、昼は彼と共に湖を眺めながら食事をし、その後は湖をボートで一周しようと挑んだり森の中を散策したりして過ごす。その流れで夕食も共に摂り、食後のお茶を楽しんだあと「もう少し一緒に居たいけど、さすがにここは引かないといけないかな」とヴィクターが自ら辞退して別々に夜を過ごす。

そんな湖畔での日々を過ごし、今日。

避暑地での生活も明日で終わりだとフルールは湖の美しさを改めて楽しんでいた。

隣には当然のようにヴィクターが座っている。彼をちらと横目で見て、フルールはまったくと言いたげに露骨に溜息を吐いて見せた。

「結局ずっとヴィクターと一緒に居る羽目になったわ」

「そりゃあフルールが居るんだから僕が一緒に居るのは当然だろう。フルールが居る所に僕が居る、当然であり普遍の理論だ」

「真顔で独自理論を語ってくるわね」

呆れた、とフルールがヴィクターを睨みつける。もっとも、睨んだ程度で彼が考えを改めるわけがないのは十年以上の付き合いで分かっている。

現にヴィクターはまったく悪びれる様子無く、それどころか「楽しい夏だったね」とまで言って寄越すではないか。

挙げ句に、穏やかに微笑んだままそっとフルールの手を取ってきた。大きな彼の手に触れられてフルールがピクリと肩を震わせる。

「……ひと夏の思い出、か。愛しいフルール、最後にもう一つ特別な思い出をくれないか」

ヴィクターの紺碧の瞳がより色濃くなる。まるで瞳の奥に炎を灯したかのような熱い視線。男臭さを感じさせない彼だが、この瞳に見つめられている時だけは男だと意識させられる。

鼓動が速まり、フルールは己の顔が熱くなるのを感じた。まるで彼の瞳の炎が燃え移ったかのように、顔が、胸が、熱い。

咄嗟に手を引こうとするも、ヴィクターの大きな手に包まれるように摑まれては手を引き抜く事が出来ない。それどころか逃がすまいと強く手を握られた。

痛くはない。だけど強く握られた事でより緊張が全身を強張らせ、もはや手を動かす術すらも分からなくなりそうだ。

そして取られた己の手がそっとヴィクターの唇に寄せられるのを察し、鼓動にも熱にももう耐えられないと息を呑んだ。

「逃がさないよ、僕のフルール」

「逃がさないなんて、そんな、だからそういうのは困るって言ってるじゃない!!」

誘うようなヴィクターの言葉に、悲鳴じみた声で返す。

次の瞬間、フルールはパッとしゃぼん玉が弾けるようにその場から姿を消した。

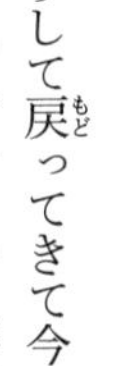

「そうして戻ってきて今に至るのよ」

「なるほど、そういう事でしたか。しかし逃がさないと言われた瞬間の逃亡、お見事です」

フルールが項垂れながら話せば、ルドが控えめながらに拍手を贈ってきた。まったく嬉しくない褒め言葉と拍手である。思わず「拍手はやめてぇ……」と掠れた声を出してしまった。我ながら情けない声だ。

次いでフルールはふと視線を上げた。物思いに耽るように、どこというわけでもなく部屋の天井を見つめる。

小さい頃から今日までずっと過ごしてきた自室。飽きるほどに見てきたオフホワイトカラーの天井。

だがそこに思い描くのはつい先程まで居た避暑地の空だ。鬱蒼と生い茂る木々、遥か高みに広がる青い空と眩い太陽。優雅に飛んでいく鳥の姿……。まるで絵画のように美しい光景だった。

距離で言えば馬車で半日も掛からない、早朝に出れば休憩を挟んでも昼過ぎに着ける存外に近場だ。だが賑やかな市街地とは打って変わって自然溢れる静かな場所である。そこに建つフレッシェント家の別荘と、隣接するリデット家の別荘。

そこには今もヴィクターが居るだろう、そして……。

「咄嗟の事だったから、シャレルを置いてきちゃったわ」

元々、避暑地での生活にあたり身の回りの世話や食事は現地の者達を雇っていた。親族が近くに住んでいるため、そこで働く使用人やメイドを期間限定で雇ったのだ。

だがフルール付きの侍女シャレルだけは別である。七つ年上の彼女は侍女でありながらもフルールにとっては姉のような存在であり、どこに行くにも一緒。今回の避暑地での生活も共に過ごし、二人でフレッシェント家の屋敷に帰ってくる予定だった。

だというのに彼女を置いて一人で自室に戻ってきてしまった。昼食の用意をしていた彼女は事情を知らず、きっとフルールが居ない事を知って驚いただろう。彼女だけではない、別荘で働いていた者達もさぞや驚愕したに違いない。

……多分、驚くと思う。きっと。少しぐらいは。少なくとも別れの挨拶を出来なかった事は惜しんでくれるはずだ。

そんな事を考えて一応は胸を痛めていると、話を聞いたルドもまた想像するように視線を他所へと向けた。

「いつもの事なんでシャレルも驚かないと思いますよ」

という酷くあっさりとした彼の言葉に、フルールはまたも肩を落として「私もそう思う」

と返した。

場所は変わって、避暑地の湖畔。

森に囲まれたその一画は涼やかで、常時であれば煩わしいとしか思われない夏の日差しもここでは湖の水面を眩く輝かせている。

そんな麓には、湖を眺めるように隣接して建つ二棟の屋敷。……と、その屋敷の前に立つ二人の男女。

フルールを逃亡させた原因のヴィクターと、逃亡したフルールに置いていかれたフレッシェント家侍女のシャレルである。

端整な顔付きの青年と、褐色の肌の麗しい女性。並ぶ姿は様になってはいるものの、二人に色恋めいた空気はなく、むしろ妙な沈黙を漂わせていた。湖の水面を揺らす涼やかな風も今この空間でだけは白々しさがある。

そんな沈黙を破ったのはヴィクター。先程まで握っていたフルールの手の感触を惜しむように己の手を見つめて苦笑しながら口を開いた。

「またやってしまった……。どうにもフルールへの想いが募ると触れたくなってしまう。

でも見たかい、シャレル。フルールってばあんなに真っ赤になって消えてしまった。なんて可愛いんだ」

「相変わらずですね、ヴィクター様。しかしお嬢様がお帰りになってしまった今、私がここに残る理由はありません。早急にフレッシェント家に戻らせて頂きます……、と言いたいところなんですが、馬車が迎えに来るのは明日なのでどうしたものか……」

帰る術が無いとシャレルが悩む。

褐色の肌と黒髪という国内においては珍しい外見。勇ましさすら感じさせる麗しさがあり、同性でも見惚れかねない。悩む表情も凛として美しい。

もっとも、フルールに付き纏っているヴィクターからしたらシャレルの外見は見慣れたものだ。肌や髪色に珍しさも感じないし、同時に、彼女の美しさに見惚れる事もない。

「そういえば、来た時の馬車はフレッシェント家のものじゃなかったね。きみ達を降ろしたらすぐに戻ってしまったし。あの馬車は？」

「ヴィクター様に勘付かれないよう、辻馬車を貸し切ってここまで来たんです。御者には素性も隠しておきました」

「なるほど、すべては僕対策か」

「ええ、すべてはヴィクター様対策です」

だというのにヴィクターが既に現地に居るのだから、つまり対策はすべて無駄に終わったという事だ。

今頃フルールはどんな気持ちだろうか。そうシャレルが思いを馳せる。……まぁ、多分、いつもの事なのであまり落ち込んでは居ないだろうけど。

「そういう事なら僕の馬車に乗ると良い。フレッシェント家まで送っていくよ」

「ヴィクター様もお戻りになるんですか？　明日お戻りになるのでは？」

「フルールのいない場所に僕が長居する理由はないね」

はっきりと言い切り、ヴィクターがリデット家の馬車へと向かって歩き出す。

そんな彼に対して、シャレルはこれもまたいつもの事だと考え「愚問でしたね」と肩を竦めた。

第1章　フルールの素晴らしく画期的な計画

1

十年前のプロポーズから今日まで、フルールはヴィクターの熱烈さにほとほと困らされていた。

彼は事あるごとに『僕の愛しいフルール』と呼んで何かと付き纏ってくる。

先日の避暑地の件がまさにだ。

もはや一途だの熱烈だのという表現では済まされない行動力だが、それも今更だとフルールの周囲は気にも留めていない。慣れてしまったのだ。むしろ最近では「フルールあるところにヴィクターあり」とまで言いだし、彼を捜す者がリデット家を訪れるより先にフルールに会いにくる始末。

もっとも、いかにヴィクターの付き纏いが恒常化していてもフルールは慣れるわけにはいかない。

常にヴィクターの求愛から逃げ、ヴィクター対策を考えて行動している。

……そのすべてが玉砕に終わり、いまだヴィクターからの熱愛を止められぬまま十年を迎えてしまっているのだが。

「だけど今年からはそうはいかないわよ」

自室のソファに腰掛けてフルールが不敵に笑う。

そんなフルールに、紅茶の手配をしていたシャレルが不思議そうに視線を向けてきた。

いったいどうしたのかと問いたいのだろう、「お嬢様？」という声には疑問の色が強い。

問われ、フルールは得意げに胸を張ってみせた。思わず勿体ぶるように「いいこと」と前置きまでしてしまう。

「世には『押して駄目なら引いてみろ』という言葉があるわ」

「えぇ、存じております」

「ヴィクター対策を取ってヴィクターから逃げていた私は、まさに『引く』だったわ。きっとそれが駄目だったの」

「ということは？」

「つまり『引いて駄目なら押してみろ』という事よ！」

これぞ名案だとフルールが高らかに宣言した。思わずぐっと拳を握り掲げながら。

だが宣言されたシャレルはいまだピンとこないようで、「はぁ……」と一応の返事こそしてくるがその声も表情も疑問を訴えている。手元で紅茶が溢れて零れてしまっているのだが、それに気付かぬほどの疑問という事だろう。

そんな彼女に、フルールは更に得意げに「教えてあげるわ」と勿体ぶった口上を置いて話し出した。

「今日も今日とて、ヴィクターから逃げられなかったわ。誕生日だっていうのに」

「そうですね。と言いましても、誰もがこうなるだろうという想いを抱いていましたので、予想外という気持ちはまったくありませんでしたが」

気遣いも無く答えるシャレルに、フルールはその慣れはどうかと思うと眉間に皺を寄せ……、だがすぐさま気持ちを切り替えて話を続けた。

今日はフルールの十七歳の誕生日である。

だがあいにくと両親は朝から出掛けており、誕生日パーティーは後日を予定している。屋敷の者達からの祝いの言葉こそあれどもフルールにとっては普通の一日になるはずだった。

朝から親戚の家に行き、そこで過ごし、戻ってくる。他愛もない日常だ。ケーキぐらいはあるかしら？　と心の中で期待していたのはご愛敬。

だが親戚の家に到着し屋内に招き入れられたフルールを出迎えたのは、あろう事か——若干その予感はしていたが——ヴィクターだった。

「フルール、誕生日おめでとう。今日という日を共に過ごせる事を嬉しく思うよ」

と、まるでそこに居るのが当然のような態度。

ちゃっかり紅茶とクッキーを振る舞われているあたり、いったいどれだけ前からスタンバイしていたのか。

「なんとなくヴィクターが居るかもしれないという想いはあったわ。でもそんな想いを振り払って、私は伯母様の家に行ったのよ。そうしたらヴィクターが居るんだもの。信じられないわ。……いえ、そんな予感はしてたから信じられないって事も無いんだけど」

「お嬢様の本日の予定は極秘情報とされていたのに、いったいどこから漏れたんでしょう」

「しかもヴィクターってば、お祝いの言葉だけじゃなくてプレゼントまで用意してて……、そ、それで、わ、わ、私の手に……」

思い出し、次第にフルールの顔が熱くなっていく。

当然のように伯母の家にいたヴィクターはフルールに祝いの言葉を告げると同時に、手にしていた小箱を差し出してきた。赤いリボンが巻かれており一目で贈答品と分かる箱だ。

中に入っていたのは美しいブレスレット。花を模した石造りの飾りがあしらわれており、可愛くかつ品の良さを感じさせ、質もセンスも一級品の代物である。

きっと誕生日プレゼントなのだろう。だがそれが分かってもフルールは受け取れないと小箱をヴィクターに返そうとした。……フルールの意思に反して、彼は一向に受け取らず穏やかに微笑むだけなのだが。

試しにと彼の胸元にぐいと小箱を押し付けてみるもそれでも受け取らない。ぐいぐいと押し続けると「角がぶつかってちょっと痛いかな」とは言ってきたが。

「ヴィクター、誕生日パーティーは後日開くって言ったでしょ？　いくら当日だからって受け取れないわ」

「安心してくれフルール。ちゃんとパーティー当日にもプレゼントを贈るよ」

「違うの。パーティーの時に何も貰えないことを案じてるわけじゃないの。せめて贈るなら公爵家としてパーティーの時に持って来てくれないかしら。そうしたら私も受け取るわ」

フルールはフレッシェント男爵家の令嬢である。そしてヴィクターもまたリデット公爵家の子息。

格差はあるものの家同士の付き合いは長く、祝い事に物を贈り合うのは普通の事だ。むしろ付き合いのある家の娘の誕生日に何も無しでは公爵家の名に傷がつくし、フルールも同様、男爵家令嬢としての贈り物を拒否すれば周囲に無礼だと取られかねない。

だからパーティー当日ならば……、とフルールが説明すれば、ヴィクターが「そうか」と呟いた。

受け取るわ」

「そうよ。パーティー当日に公爵子息として持ってきてくれたなら、私も男爵令嬢として受け取るわ」

ようやく理解してくれた、とフルールが安堵と期待を込めてヴィクターへと小箱を返そうとすれば、彼の手がゆっくりとフルールへと伸びてきた。

きっと小箱を受け取るのだろう。そう考えて、フルールもまた彼へと小箱を差し出そうとする。

だがヴィクターの手は箱には触れず、箱を持つフルールの手にそっと重ねられた。

そのまま柔く握り、自分のもとへと引き寄せ……、

「つまり、パーティーでもプレゼントを受け取ってくれるんだね。嬉しいな、当日も楽しみにしていてくれ」

そう告げて、フルールの手にキスをしようとしてきたのだ。

そのタイミングでフルールが自室に戻ってきたのは言うまでもない。そしてヴィクターの強引さに対して一人愚痴を漏らしていたところにシャレルが現れ、紅茶を手配してもらい愚痴を聞いてもらって今に至る。

先日の別荘の件とほぼ同じ流れではないか。違うのは愚痴に付き合ってくれているのがシャレルかルドかぐらいだ。

「てっきりプレゼントを返せると思ったから油断して消えるのが少し遅かったの……。だ、だから、ヴィクターの唇が手に……」

「手に触れたんですか？」

「ふ、触れてはいないわ！　触れてないけど、でも、触れそうで……！」

思い出せばフルールの頰に溜まった熱がより温度を増していく。恥ずかしさで心臓が暴れ出しそうだ。

すんでのところで引き抜いた手を胸元でぎゅっと握りしめれば余計に手に意識がいき、そして彼の唇に触れかけた記憶が鮮明さを増す。

「触れてないけど、触れそうで……、それで私、また魔法で消えちゃったの」

触れかけた手を直前で引き抜き、ヴィクターに対して怒りの言葉を発し……、その場から消えてしまったのだ。

これもまた先日の別荘での一件と同じ流れである。そして、

「おかげで今度はルドを置いてきちゃったわ」

同行人を置いてきてしまったのも前回と同様。

違うのはやはりシャレルかルドかの違い。むしろ前回と今回で彼等が入れ替わっているだけである。

「ルドも自力で戻って来られるでしょうしご心配には及びませんよ。それより、先程仰っていた『引いて駄目なら押す』とは？」

「そうよ、その話だったわ」

話が脱線していた、と慌てて本題に戻る。

もっとも、本題に戻ったところで話すのはヴィクターについてなのだが。

「話した通り、ヴィクターは強引なのよ。私が困っても、困ってる私を見て楽しんでるの」

「ヴィクター様は昔から変わりませんね」

「そ、それにっ……、て、手にキスしようとしてくるのよ……！　公爵子息のくせに破廉恥だわ！」

思い出すだけでフルールの顔に熱が溜まり、自分の手を庇うように片方の手で覆う。

怒りと恥ずかしさのあまり思わず「ヴィクターってば！」と声を荒らげれば、次の瞬間、パッとその場から姿を消した。

……のだが、更に次の瞬間には室内の窓辺に姿を現した。

ほんの一瞬の、ほんの少しの移動。たった数歩で椅子に戻ってくるだけだ。

魔法ではあるものの、ともすれば見間違いか目を離していただけかと思われそうな移動。目の当たりにしたシャレルも驚く事なく、一応の礼儀なのか「おかえりなさいませ」とだけ告げてきた。

フルールもまた動じずいそいそと椅子に座り直す。その際のコホンというわざとらしい咳払いは仕切り直しと照れ隠しである。

「それでね、名案を思いついたの。私がこれだけ困ってるんだもの、きっと私が同じような事をしたらヴィクターも困るはずだわ」

「同じ事をですか？」

「えぇそうよ。ヴィクターのあの強引さを真似するの。私がヴィクターみたいに強引に迫れば、今度はヴィクターが私のように困るはずだわ！」

あのプロポーズから十年、ヴィクターは常にフルールに付き纏ってきていた。

どこに行ってもついてくるし、ついてこないと思ったら既に居る事も多々ある。今日のような誕生日プレゼントはもちろん、何も無い日でも贈り物を渡してくるし、愛の言葉や褒め言葉は、その豊富さに感心してしまうほど告げてくる。パーティーでは当然のようにエスコートしてくるし、ずっとそばを離れない。

フルールはそんなヴィクターの積極性に困らされてばかりだ。

だからこそ、それを逆手に取るのだ。

今までのヴィクターを参考に、彼に積極的に迫る。そうすればヴィクターは困り果てて、今までフルールがそうしていたように逃げるに違いない。

「完璧よ……、完璧な作戦だわ！　勝利しか見えない‼」

成功を確信して声をあげるフルールに、向かいに座るシャレルは落ち着いた様子で「さすがお嬢様、完璧ですね」と静かに拍手を贈っていた。

時間は過ぎ、夜。

フレッシェント家の庭で話をする一組の男女。その姿は傍から見れば秘密の逢瀬か、もしくはよからぬ企みを持った会合とでも映るだろうか。

現に、たまたま通路を歩いていて気付いた一人の使用人が「いったい誰と誰だ」と野次馬根性で窓に張り付いた。……だがすぐさま「なんだあいつらか」と窓から離れてその場から去ってしまう。

夜の庭で話し合っているのはシャレルとルドの二人で、彼等の間には使用人が期待するような空気は一切流れていないのだ。男女の逢瀬らしい濃密な空気も、さりとて企みを抱く不穏な空気も無い。

そんな二人の話題はフルールについて。詳しく言うのならば日中のフルールの宣言について。話を聞いたルドが「お嬢様が積極的に……」と何とも言えない声を漏らした。

「うまくいくと思うか?」

物言いたげな表情のルドの問いに、対してシャレルは自信たっぷりに「もちろん」と返した。

「お嬢様のお考えならうまくいくに決まってる。お嬢様はこうと決めたらやり遂げる強い意志の持ち主だから、きっとヴィクター様が困るほど積極的に……、大胆……、お嬢様が……。あのお嬢様が大胆に？」

「お前だって想像出来てないじゃないか」

「いいや、お嬢様なら出来る！」

一度はルドに指摘されはしたものの、シャレルが我に返ると共に断言した。

だが断言しつつも最後に堂々と「多分！」と付け足すあたり、シャレルもまたフルールの作戦に対して一抹の不安を感じているのだ。

不安要素の一つでありなによりの要因、それはフルールの奥手さ。

フレッシェント家は一人娘のフルールをそれはそれは大事に、蝶よ花よと育ててきた。まさに箱入り娘だ。

おかげでフルールはどこか世間知らずな一面がある。といっても世間に迷惑をかけるようなものでもなければ、常識外れという程のものでもない。シャレルやルドを始めとするフレッシェント家に仕える者達からしたら『大事に育てられた証』と微笑ましく感じるぐらいのものだ。

そして、とりわけその傾向は恋愛面に顕著である。

十七歳の貴族の令嬢といえば既に婚約者がいる者が殆どだ。フルールの友人には結婚式を目前に控えている令嬢すら居る。

だというのにフルールはいまだ婚約者を決めておらず、それどころかこういった手合いの話になると「男女の交際なんて……」と顔を真っ赤にしてしまう。

そんなフルールは常々こう語っている。

『男女の交際はまず複数人でお茶を楽しんで、そのあとは交換日記で互いの理解を深めるの。慣れてきたら二人きりで話をして、そしていよいよとなったら……』

いつもここでフルールはポッと頰を赤くさせる。

『いよいよとなったら……、手を繫ぐのよ。握手じゃ無いわ、指を絡めて手を握るの。やだ、話してたら恥ずかしくなってきちゃった！』

そう恥ずかしそうに話して『この話はもうお終い！』と終わらせてしまうのだ。時には恥ずかしさのあまり魔法で自室に戻ってしまう時もある。

その話の内容も、仕草も表情も、行動も、すべてが初々しさを感じさせる。年若い少女の初心な反応。見守るシャレル達からしたらなんとも微笑ましく、愛おしく、そして同時に『これはヴィクター様もヴィクター様で苦労するな』と思わせるものだ。

「そんなお嬢様が積極的になれるとは思えない。どう考えてもお嬢様には無理だろ」

やる前から分かりきっていると、既に敗戦ムードを漂わせるルド。

根が真面目であれこれと考え込む性格の彼は、どうやら今の段階でフルールの失敗を予感しているようだ。それどころか失敗するフルールをどう慰めるかまで考え出す始末。

対してシャレルは彼ほど慎重な性格はしておらず、いわゆる当たって砕けろタイプであり、今も結論付けるのは早いとルドを咎めた。

フルールは確かに箱入り娘で奥手だ。それも頑丈過ぎる箱に入っていた過剰梱包気味な箱入りの、超がつくほどの奥手。

だが強い意志の持ち主だ。そして行動力に溢れている。

それになにより……、

「失敗してもヴィクター様を喜ばせて終わるだけだし」

そうシャレルが結論付ければ、ルドがじっとりとした目つきで睨んで返す。

「その結論も侍女としてどうなんだ……」

という彼の声は唸るように低いが、シャレルは気にも留めず、さっさと屋敷に戻るために歩き出してしまった。

2

今まで、フルールが出かけようとすると高確率でヴィクターが現れていた。

「いってきます」と家を出ると当然のように門の前で待っているのだ。

堂々とした態度、何一つ疑わぬ「さぁ行こう」という言葉。無理にフルールを言い包める事もせず、無理やりに手を引いて馬車に招く事もしない。スマートに馬車の客車の扉を開けて優雅にエスコートしてくれるのだ。

あまりに彼が堂々としているものだから、フルールも自然な流れで客車に乗り込み、しばらくして「私、ヴィクターと約束してないわよね……？」と己を疑いつつ尋ねた事も少なくない。――その際のヴィクターのまったく悪びれる様子のない「約束してないよ」という返事の真っすぐさといったらない――

「強引でないことが強引という、あの強引さ。私もそれを見習ってヴィクターの外出前に公爵邸で待ち伏せするわ」

「なるほど、それで突然リデット家に向かうと言い出されたんですね」

馬車の中で己の作戦を得意げにフルールが語れば、向かいに座るシャレルがなるほどと頷いた。

馬車は緩やかにリデット公爵邸へと向かっている。幼い頃から付き合いがあり何度も辿った道だ。だがきっとヴィクターはその倍以上この道を馬車で走っていたのだろう。言わずもがな、フルールの外出を待ち構えるために。

なぜ自分の外出情報が漏れているのか。それも友人達と遊びに行く時にはヴィクターは現れず一人の気ままな散歩の時にだけ現れるあたり、外出のタイミングだけではなく詳細まで漏れている可能性が高い。

「情報漏洩は問題だけど、今回はそれを逆手に取らせてもらうわ。ねぇシャレル、これからヴィクターが外出するらしいけど、本当に一人なのよね？」

「はい。私が調べたところ、本日のヴィクター様は午後の予定が特に無く、散歩がてら外出されるはずです」

「さすがシャレル、調査能力に長けてるわね」

「これぐらいは侍女の嗜みです」

フルールが褒めれば、シャレルが謙遜しつつも嬉しそうに表情を和らげた。——きっとここにルドが居れば「侍女の嗜みなわけないだろ」と口を挟んだだろうが、あいにくと彼は御者台に居る——

「私が颯爽と現れて『さぁ行きましょう』って誘えば、きっとヴィクターも驚くはずだわ。どうして自分の予定が知られているのか不安になって、もしかしたら私の事を怖がるかも」

彼の反応を想像して思わずフルールが笑みを零した。

にんまりと己の口角が上がるのが分かる。きっと今、悪い顔をしているだろう。

「なんて素晴らしい作戦なの。この作戦は『待ち伏せしてヴィクターを困らせ作戦』と名付けましょう」

素晴らしい作戦に、それを引き立てる作戦名。完璧とはまさにこの事。

そう考え、フルールは逸る気持ちを一度抑えるために窓の外を眺め……、擦れ違った馬車と、その中にいる青年の横顔に「えっ!?」と思わず声をあげた。

「と、止めて！　馬車を止めて、ルド!!」

御者台にいるルドに慌てて声を掛ければ、彼も気付いたのかすぐさま馬車が停まった。擦れ違った馬車も少し先で停まっている。

フルールが客車から出れば、ほぼ同時に相手の馬車の客車の扉が開いた。出てきたのは……、

「ヴィクター！」

今まさに会いに行こうとしていたヴィクターである。

彼もまた驚いたように目を丸くさせており、フルールに近付いてくると意外だと言いたげな声で名前を呼んできた。

「どうしてここに居るんだ、フルール。今日は午前中にダンスの練習をして、午後は家庭教師が来て座学。その合間の時間はお茶をして過ごす予定じゃなかったのか？」

「私のスケジュールがだいぶ細かく漏洩してる！　そ、それより、ヴィクターの方こそどうしてこんな所に居るの？」

「フルールのお茶の時間に合わせて会いに行こうと思ってたんだ。今日飲む予定の茶葉に合わせたお茶請けも用意してきた」

「お茶の銘柄まで!?　私の知らない私の予定が漏れてる！」

外出のタイミングやスケジュールならばまだしも、自分の知らない茶葉の情報まで漏れていると知り思わず声を荒らげてしまう。

だがヴィクターに改めてここに居る理由を問われ、はっと我に返った。

今は情報漏洩を気にしている場合ではない。――一般的には情報漏洩の方を気にすべきなのだろうが、もはや今更なのだ――

本来の目的を思い出さなくては！　と己を律し、冷静を装ってツンと澄ましてみせた。

「私はヴィクターに会いに来たのよ」

「僕に？」

「今日は午後の予定が無くて、一人で出掛けるつもりだったんでしょう？　どうしてそれを知っているのかは教えてあげないけど、私はそれを知って、貴方を待ち伏せしようとしていたの。予定も時間も、一人で外出するはずだった事も、私、全部知ってるのよ」

思わせ振りな言い方をするのはヴィクターの不安を煽るためである。

念のためもう一度「ヴィクターの予定を把握しているのよ」と付け足しておく。これで彼は自分のスケジュールを把握されている事に不安を覚えるはずだ。先程のフルールのように情報漏洩ぶりに驚愕するかもしれない。

現にヴィクターはフルールの話を聞いてなにやら考え込んでいる。次いで彼は周囲を見回し、そして自分の来た道を辿るように視線をやった。

だいぶ距離があるため見えないが、道の先にはリデット公爵家の屋敷がある。

かと思えば今度はフルール達が来た道を窺うように眺めた。こちらも同じように屋敷は見えないが、道の先にはフレッシェント家がある。

「……フレッシェント家の方が近いな」

「近いって？」

「僕達はお互いに会いに行くために家を出て、そしてここで鉢合わせになった。この場所はリデット家とフレッシェント家の中間とはいえ、フレッシェント家寄りだね」

「ええ、そうね。ちょっとうちに近いわ。でもそれがなにか……、はっ！」

ヴィクターの言わんとしている事を察し、フルールは息を呑んだ。

確かに彼の言う通り、現在地は両家の中間ではあるものの、若干だがフレッシェント家寄りだ。つまりヴィクターの方が馬車を長く走らせているという事。

それが何を表しているのか。

つまり……、

「私の負け……、という事なの……？」

思わずフルールが細い声をあげ、それだけでは足りないと額に手を当てた。――ちなみに背後ではルドが「そういう事なのか？」と首を傾げ、シャレルが「お嬢様が仰るならそういう事なんでしょう」と話している――

この事実にフルールは打ちひしがれてしまった。

それと同時に思い出すのは、意気揚々と出発の準備をしていた自分。「すごい作戦を思いついたの！」と話しながら馬車に乗り込んだが、あの時すでにヴィクターは出発して馬車を走らせていたのだ。完璧に出遅れていた。

「勝負は馬車に乗り込んだ時点で決まっていたのね……。なんて不覚……。でも私、これぐらいじゃめげないわ！」

「そんな前向きなところも魅力的だよ」

「明日以降だってヴィクターの予定は把握できるのよ。どうやって知るかは教えてあげないけど。油断しないことね、迂闊に出かけると私が門の前で待ってるわよ！」

不安を煽るように宣言し、フルールが「戻りましょう」とシャレルとルドに告げた。

だが馬車へと向かおうと踵を返して歩き出そうとした瞬間、ぐいと左腕を掴まれた。掴んできたのはヴィクターだ。

彼は意外そうな、それでいて少し焦ったような表情を浮かべている。

「僕に会いに来てくれたのに帰ってしまうのか？」

「えぇ、そうよ。フレッシェント家の令嬢たるもの潔く負けを認めないと。それこそ負けた令嬢のあるべき姿だわ」

「いや勝ち負けはもう良いんだが……。でも僕に会いに来たって事は何か用があったんだろう？　お茶か、それともどこかに出かける誘いか」

そうじゃ無いのかと尋ねてくるヴィクターはどことなく必死さすらある。

対してフルールは彼に問われ、ふむと考え込んだ。

外出するヴィクターを門の前で待ち構えて、当然のように誘い、彼を驚かせてなおかつ困らせるのが今回の目的だ。

そしてその後は……、その後は……。

何も考えていない。

「出遅れたうえに計画も杜撰だったわね。これは負けて当然だわ。出直しましょう」

「ま、待ってくれフルール。せっかく僕に会いに来てくれたんだから、どこかに行こう」

再び帰宅を決めるフルールを、これまた再びヴィクターが呼び止める。

腕をじっと見つめれば、接触は不味いと考えたのかヴィクターがパッと手を離してきた。

その際に軽く手を掲げるのは「触れないから消えないでくれ」という意味だろうか。

凛々しく社交界の憧れの的と言われている彼だが、今の姿は少し情けない。もっとも情けなかろうとも麗しさは変わらず、世の女性達ならば逆にその一面が良いと自ら率先して彼の腕を取りそうなものだが。

「知ってるだろうけど、このあと家庭教師が来るのよ。出かけてる時間は無いわ」

「それならフレッシェント家に招待してくれ。家庭教師が来るまでお茶をしよう。フルールのためにケーキも用意したんだ」

「随分と必死ね」

「そりゃあ、せっかくフルールが僕に会いに来てくれたんだからね。これで帰られたら、僕はきっと今日出かけたことを一生後悔するだろうな」

「大袈裟」

呆れたと言いたげにフルールが肩を竦め、ちらとヴィクターを見上げた。

彼を困らせる事は出来ず、『待ち伏せしてヴィクターを困らせ作戦』は失敗した。それどころかヴィクターの方が距離を稼いでいる。これは認めざるを得ない敗北だ。

だが理由は違えども今のヴィクターは困っている。

計画は失敗し勝負にも負けたが、『困らせる』という目的は達成できたのではなかろうか。

つまり考えようによっては成功とも言える。

否、これは成功と断言して差し支えない！

「仕方ないわね。そこまで言うなら応じてあげる」

一寸遅れてやってきた達成感に途端に気分が良くなり、フルールが得意げに了承の言葉を口にすれば、それを聞いた瞬間にヴィクターの表情がパッと明るくなった。

「せっかくヴィクターに会いに来たんだもの、このまま帰るのも無駄足よね。うちでお茶にしましょう」

「ありがとう、優しいフルール。それならフルールが乗ってきた馬車に乗せて貰おうかな。カティス、すまないが先に帰っていてくれ」

ヴィクターが御者台に向かって声を掛ければ、一人の青年がひょこと顔を覗かせて「かしこまりました」と頭を下げた。

ヴィクターが常に連れ歩いている執事のカティス。褐色の肌に黒い髪が勇ましさを感じさせ、きっちりと着こなされた執事服が知的な印象を与える青年だ。シャレルとは双子であり、顔付きもどことなく似ている。

彼の返答を確認し、ヴィクターがさっそくとフレッシェント家の馬車へと向かう。それをルドが追いかけるのは公爵子息に客車の扉を開けさせまいとしてだ。

「よろしいのですか？」

とは、隣に立つシャレルからの問い。

こそりと耳打ちするように問われ、フルールはしばし考え……、

「急ぐ計画でも無いし、貴族の令嬢たるものお茶を飲むぐらいの余裕をもって進めないと」

そうフルールが答えれば、シャレルが感心したと言いたげに「さすがお嬢様」と褒めてくれた。


初戦はまずまずである。

いや、むしろ大成功と言っても過言ではない。

翌日もフルールはヴィクターを待ち構えるために家を出た。

……のだが、やはり道の途中で彼と遭遇してしまった。それもフレッシェント家寄りの場所で。

その翌日も、更に翌々日も。

時にはリデット家寄りで勝利を収める日もあるが、巻き返されてフレッシェント家の近くで遭遇してしまう日もある。勝率は半々と言ったところだ。

「もっと早く出ないと駄目ね。でも昨日は朝一に出たのにヴィクターと会っちゃったし……、これはもう深夜に家を出て、リデット家の近くで朝を待とうかしら」

このまま一進一退を続けていては埒が明かない。なにか会心の一撃を放たなければ……。

そうフルールは考えを巡らせ、「そうだわ！」と声をあげた。

次の瞬間、ガシャン！　と響き渡った音に思わずビクリと体を跳ねさせてしまった。

いったい何事かと驚いて振り返れば、シャレルが目を丸くさせてこちらを見ているではないか。まるで尻尾を太くさせる猫のような驚きようだ。もしかしたら猫のように数センチ跳ね上がっていたかもしれない。

彼女の足元にはティーポットとカップが落ちており茶葉が散乱している。フルールの自室にはシックな色合いの絨毯が敷かれているが、彼女の足元だけは賑やかだ。

「ごめんねシャレル、驚かせちゃったわね。怪我はしていない？」

「……大丈夫です。失礼しました。片付けたらすぐにお茶の準備をしますので少しお待ちください」

シャレルが軽く頭を下げ、落としたティーポットと茶葉を片付けだす。

その仕草は普段の彼女らしく落ち着いたものだ。だが横顔にはどことなく安堵するような色が薄っすらと見える。それほど驚かせてしまったのだろう。

「意外ね」

「何がですか？」

「貴女がそこまで驚いた事よ。普段は落ち着いてるのに。驚く時は盛大に驚くのね」

シャレルは滅多な事では驚いたり動揺したりしない。常に冷静を保ちフルールの隣に居てくれている。七歳年上だが、堂々とした態度はそれ以上の年齢差があるのではと感じさせられてしまうほどだ。

そんなシャレルだからこそ先程の驚きようが意外であり、茶葉を引っ繰り返すという豪快ぶりが面白くさえ思える。そうフルールが笑いながら話せばシャレルが肩を竦めて返してきた。「少し考え事をしていただけです」と返す声は普段通り落ち着いてはいるものの、どことなく照れくさそうな色もある。

そんな会話の最中、コンコンと室内にノックの音が聞こえてきた。

許可を出せば扉が開き、「失礼します」と一礼して入ってきたのはルドだ。

「フルールお嬢様、先程なにか大きな音が……、あっ！　シャレル、またお前やったな！」

室内に転がる茶器と茶葉を見止めて、ルドが眉根を寄せて室内に入ってきた。

侍女の失態にだいぶご立腹なようだ。もっとも、文句を言いつつもしゃがみ込んで茶葉を拾い出すあたりが世話焼きな彼らしい。

「聞いてください、お嬢様。シャレルは昨日も給仕の最中に皿を引っ繰り返したんですよ」

「今回は私が大声をあげて驚かせちゃったのよ。私のせいだわ」

「お嬢様のせいではありません。こいつは根が大雑把で動きが雑なんです。掃除も力任せなところがあるし。そのくせ、何かしでかしても悪びれる様子もなく平然としてる。まったく、ティーセットを落とすなんてクビになってもおかしくない失態なんだからな」

ブツブツと文句を言いながらもルドが手早く床に散らばった茶葉を片付け、次いで「俺がやる」と紅茶の手配を始めた。

その仕草や手際の良さはさすがの一言である。彼の動きを見ていると、なるほどシャレルは大雑把だと、そんな事すら思ってしまう。もちろんシャレル本人に対して言う気は無いし、小言が始まりそうなのでルドにも言う気は無いが。

ルドは代々フレッシェント家に仕えている家系の息子で、紅茶を淹れるぐらいどうという事ではないのだろう。驚いてティーセットを落として茶葉を床にぶちまけるなんてもってのほかだ。

そんな完璧と言える所作を見せつけられているせいか、シャレルはなんとも気まずそうな表情だ。……気まずそうな表情のまましれっとフルールの向かいに座って自分のお茶も催促しているあたり、ルドのお小言が伝わっているかは微妙なところだが。

「シャレル、お前な……」

「良いのよルド、気にしないで。ちょうどシャレルと話をしようと思っていたから。それより貴方も一緒にどう？　私、凄い作戦を思いついたの」

ぜひ聞いて欲しい。そうフルールがルドにも座るよう促せば、彼は不思議そうに「作戦？」と首を傾げた。

それでもシャレルの隣に腰を下ろすあたり、話を聞いてくれるのだろう。

「お嬢様、作戦とは……、もしかしてヴィクター様との事ですか？」

「えぇ、そうよ。私、良い事を思いついちゃったの。……あのね」

話したいが勿体ぶりもしたい。そんな思いからフルールはにんまりと笑みを浮かべ、得意げに話し出した。

そんなやりとりの翌日、夜。

フルールは深夜にもかかわらず屋外に居た。

見上げれば雲一つない夜空が広がっている。満天の星に月が輝いており、なんて綺麗なのだろうか。

簡易式の組み立て椅子に座り湯気をあげるカップを手に、フルールは星空を見上げてほうと吐息を漏らした。

耳を澄ませば木の葉が擦れる音がして、風が草木の香りを運ぶ。ひやりとした風が肌を撫で、まるで自然に溶け込んでいるかのような心地好さだ。

「自然って良いわね。夜風が気持ち良い」

「確かに、夜風は気持ち良いですね」

「立派なテントもあるし、これならぐっすりと眠れそう。夜風の音を聞きながら眠りに就いて、朝日が昇れば鳥の声で目を覚ます……。素敵じゃない？　ねぇシャレル」

「そうですねぇ。まぁ、自然と言えば自然……、なのかもしれませんね。ただ……」

自然を堪能するフルールに対して、向かいに置いた簡易椅子に座るシャレルは何とも言い難い表情を浮かべている。

次いで彼女は一度夜空を見上げ、かと思えばフルールへと……、否、フルールの背後へと視線をやった。

「リデット家の庭の一角なので、自然と言い切って良いのか定かではありませんが」

「そういう事を言わないで。今の私の視界には満天の星と自然が映ってるのよ」

「そりゃあお嬢様はリデット公爵邸を背にしているから眼前には自然が広がっていますが、向かいに座る私には屋敷しか見えません」

視界いっぱいの建築物。これでは夜景に見入ることも出来ない。

そうシャレルが訴えれば、フルールがコクリと一度紅茶を飲み、次いで深く溜息を吐いた。「そうね」という声は落ち着いている。

ちらと背後を見れば、確かにそこにはリデット公爵邸が聳え立っている。見覚えのある屋敷だ。幼い頃から何度も来ているし、最近はヴィクターのスマートなエスコートに気を取られて連れ込まれている事もある。——もちろん連れ込まれるのは客間までだ。前に一度ヴィクターが「次は僕の部屋に」と言い出したが、フルールがしばらく黙って睨みつけていたところ、押し負けて前言撤回と謝罪の言葉を告げてきた——

そんなリデット邸宅、完全なる人工物。ちなみに、フルールが自然と感じている光景もリデット家の庭なので自然とは言い切れない。

そんな屋敷は夜とはいえあちこちの窓に明かりが灯っており、その中の一つがキィと音を立てて開いた。

「フルール、大丈夫？　寒くない？」

声を掛けてくれたのはリリア・リデット。リデット公爵夫人でありヴィクターの母親だ。優しい女性で、幼い頃からフルールの事を実の娘のように可愛がってくれている。

彼女に声を掛けられ、フルールは「リリア様！」と声を弾ませて彼女へと駆け寄った。

「リリア様、突然こんな事を言い出してごめんなさい」

「いいのよ。どうせうちの息子が関係しているんでしょう？」

我が息子ながら呆れたと言いたげに肩を竦めるリリアに、フルールも苦笑で返した。

『そんな事ありません』とは言えないが、かといって『そうですよ！　すべてはお宅の息子さんのせいです！』と責める気にもさすがになれない。

なので庭を一晩貸して貰うことでお互い様としよう。そうフルールは心の中で結論付け、せめてもの気遣いと考えて「そんなに気にしないでください」と声を掛けた。

幸いリリアも思い悩むほどではないようで、フルールが夜の散歩に誘うと嬉しそうに応じてくれた。

「それなら屋敷の裏手に行きましょう。面白い物を見せてあげる」

「面白い物ですか？」

「実は壁の一角が低くなっていて、そこから外に出られるのよ。昔はよく抜け出して外に遊びに行っていたわ。夫に会ったのもその時でね……」

思い出話に浸りたいのだろう、リリアの表情は懐かしむような柔らかさだ。

ロマンチックな話が聞けるとフルールの胸も弾む。思わず「ぜひ！」と身を乗り出した。

そうして夫人との夜の散歩を終え、いよいよ就寝の時間となってフルールはテントに戻った。

既にシャレルが就寝の準備を整えており、テントの中は快適とまでは言えないが一晩過ごすには十分だ。

むしろ程良い不便さは野営の醍醐味と言えるだろう。それに、困るほどの不便があればリデット家に行けばいい。——夫人は別れる際「何かあったら声を掛けてね。次は私と野営ごっこをしましょう」と言ってくれた——

「それでね、リリア様が仰る通り、壁の一部だけが低くなっていたの。木を伝えば行き来できるんですって」

「リリア様は昔は随分とお転婆だったようですね。ところでフルールお嬢様、明日の朝も早いのでそろそろ眠られてはどうでしょう」

「そうそう、屋敷裏の壁のことはヴィクターも知らないらしいのよ！　ヴィクターが知らなくて私が知ってる、なんだかこれって優越感を覚えちゃうわ！」

「それはようございました。それでフルールお嬢様、既に夜も更けておりますので眠った方がよろしいかと」

「そういえば、今夜は普段よりも警備の人数を増やしたって仰ってたわ。いくら元々はヴィクター対策とはいえ、今度改めてリリア様にお礼をしておかないとだめね。お茶に誘って、有名店のクッキーでもご用意しようかしら」

「もう就寝の時間を過ぎておりますので眠るべきです」

「ねぇ、明日の朝ヴィクターは私がここにいる事を知ってどんな反応をすると思う？　驚くかしら、それとも私の執念に恐れるかしら。その手があったかと悔しがるかもしれないわね」

「さっさとお眠りください」

ついに直球な言葉でシャレルが宥めてくる。

だがフルールは野営と先程(さきほど)聞いた夫人の話、そして明日の朝に自分が居る事に驚くヴィクターの反応を想像すると興奮してしまい、眠るどころではない。

それでもとシャレルに促されて寝袋(ねぶくろ)に潜(もぐ)り……、キラキラと目を輝かせ「それでね！」と再び話を始めた。

そんな夜が明けて、朝。

聞こえてくる鳥の鳴き声と話し声に、フルールはゆっくりと目を覚まし……、次の瞬間(しゅんかん)「朝っ!?」と跳(は)ねるように身を起こした。

テントの中とはいえぐっすりと眠れた。否、ぐっすり眠りすぎてしまった。慌(あわ)てて枕元(まくらもと)の時計を見れば既に七時半を過ぎており、テントの布越(ご)しでも外が明るくなっているのが分かる。

「やだっ、私ってば寝過(ねす)ごしちゃった！」

慌てて身嗜(みだしな)みを整える。

既にシャレルは起きているようで、彼女が寝ていた場所には寝袋と寝間着が綺麗に畳(たた)まれている。

「起こしてくれても良かったのに」と文句を零したが、それと同時に何度も早く眠るように促してくる彼女の言葉を思い出した。これは口にしない方が良いだろう。

そんな事を考えつつも手早く準備を終え、さっそくとテントの出入り口に手を掛けた。

「ちょっと寝坊しちゃったけど、移動の時間が無いのは大きなアドバンテージよ。きっとヴィクターはまだ屋敷に居るはず。私の姿を見れば驚いて、前日から張ってる私の執念に恐怖さえ覚えるわ！」

そう己に言い聞かせ、フルールは「いざ！」と勢いよくテントの扉を開けた。

その瞬間に目に飛び込んできたのは……、

「やぁ、おはようフルール」

と、爽やかに微笑むヴィクター。

簡易椅子に腰掛け、湯気の上がるティーカップを二つ手にしている。彼の薄水色の髪が朝日を受け、まるで彼自身が輝いているかのようではないか。見た目も、椅子に腰掛ける様も、穏やかな微笑みも、なにもかもが麗しく絵になっている。

その光景にフルールはぱちくりと数度目を瞬かせた。先程まで残っていた眠気は綺麗さっぱり消え失せてしまった。

「……おはよう、ヴィクター」

「おはよう。まさか朝一に僕に会うために、前日に泊まってくれていたなんて思わなかっ

たよ」

「これは私の完全敗北かしら……。いえ、でも少なくとも今朝までヴィクターは私が前日泊をしていた事を知らなかったって言うなら、勝ち寄りの負けと言えるかもしれないわ」

「朝一に僕に会いたいのなら、いっそ僕の部屋で眠ってくれれば良かったのに。もちろん僕のベッドでね」

「でも元を正せば私の寝坊が原因だし、素直に負けを認めないのはフレッシェント家令嬢としてあるまじき姿かもしれない」

「共に眠り、起きたらすぐにフルールの顔を見られる。最高な一日の始まりだ」

そんな一日を想像しているのかヴィクターはうっとりとした口調だ。だがうっとりしつつもカップを一つ差し出してきた。

どうやらフルールの分も用意してくれていたらしい。

なんとも言えない気持ちで受け取りコクリと一口飲めば、甘さ控えめの紅茶の味が口の中に広がった。フルールが毎朝飲んでいる紅茶の味だ。どうしてそれを把握しているのか、なぜ準備をしているのか、そういった疑問を抱く気持ちにすら今はならない。

思わず盛大な溜息を吐き、一度テントに戻ると白いハンカチを手に再び顔を出した。

「ヴィクター、そこに落ちている木の枝を取ってくれないかしら」

「木の枝……？　あぁ、これか」

ヴィクターが足元に視線をやり、落ちていた一本の木の枝を手渡してくる。

それを受け取り白いハンカチを結びつけた。

「フルール、どうしたんだ？」

何をしたいのかとヴィクターに問われるも、フルールはただ無言で木の枝に結んだハンカチをヒラヒラと振った。

ヒラヒラ……、ヒラヒラ……。

数度軽やかに白いハンカチを振り、

「敗北感で魔法が発動しそう」

と溜息交じりに呟くや否や、フルールはパッと姿を消した。


朝日が穏やかに降り注ぐリデット家の庭に、シンと妙な静けさが漂った。

ポトンという小さな音はハンカチを結び付けた木の枝が落ちる音だ。ヴィクターがそれを手に取り、まるで先程のフルールを真似るようにヒラヒラと振る。朝の日差しのもと揺れる白いハンカチは普段よりも眩く見える。

「負けを認めると共に魔法の発動を感知、そしてすぐさま撤退。素早い判断と行動だ。さすが僕のフルール」

「お嬢様、お食事の準備が……、なるほど、またこのパターンですか」

「やぁシャレル、今朝もご苦労様。フルールならさっき帰ったよ。ところでフルールの白旗は記念に僕が貰っても良いんだよね。今度お礼に綺麗なハンカチを贈ろう」

嬉しそうにヴィクターが白いハンカチを木の枝から解き、丁寧に上着の胸ポケットにしまった。

3

過去、ヴィクターは何度もフルールに贈り物をくれた。

華やかなドレス、飾りのついた靴、輝かしい宝石のブレスレット。衣類や装飾品の他にも異国のお菓子や茶葉、それに見合うティーカップとお皿……。数も種類も思い出せば枚挙に遑がない。

そしてどれもがさすが公爵家からの贈り物と言える一級品だ。

もちろんフルールも素直に受け取る事は出来ず毎回辞退していた。『こんなに高価なもの貰えないわ』『この前もくれたじゃない』『頻繁に貰ったら申し訳ないわ……』と。

だがどれだけ遠慮をしてもヴィクターは引かず、結果的にフルールは受け取ってしまっていた。

「今朝もまた貰っちゃったわ」

今回も断り切れなかった、とフルールが一枚のハンカチをテーブルに広げて唸る。

綺麗な純白のハンカチ。四方をレースで囲み、隅には花柄の刺繡が施されている。その花の中にさり気なくフルールのイニシャルがあしらわれているあたり、もしかしたら特注品かもしれない。

たかが一枚のハンカチ、されど一枚のハンカチ。公爵子息であるヴィクターが頼んだ特注品……ともなれば値段は相当なものだろう。

「贈り物……。ねぇシャレル、この手段は使えると思わない？」

フルールが同意を求めれば、向かいに座っていたシャレルが「手段ですか？」と首を傾げた。

ちなみに彼女の背後ではルドが「どうして俺がシャレルの分まで……」と文句を言いながら紅茶の準備をしている。その手つきは相変わらず優雅だが、シャレルのティーカップにだけ渋い紅茶を淹れようとしているのがフルールからは丸見えである。

「手段とはどういう事でしょう。お嬢様もヴィクター様に贈り物を？」

「えぇ、そうよ。ヴィクターが遠慮したって強引に押し付けるの。それも凄いものよ！」

幾度となく贈り物をされ、フルールはヴィクターの強引さに困り果て、同時に高価な品を貰ってばかりな事への後ろめたさも感じていた。

それをヴィクターにも味わわせるのだ。

驚くような高価な品を強引に押し付ければ彼もきっと困るはずだ。もしかしたら一方的な贈り物は迷惑だと己を省みるかもしれない。否、省みるに違いない。

そうフルールが確信をもって語れば、シャレルとルドが揃えたようになるほどと頷いてきた。二人の反応がますますフルールの鋭気を増させ、成功への確信を抱かせる。

「名付けて『高価なプレゼントを押し付けてヴィクターを困らせ作戦』よ！　完璧だわ！」

「さすがお嬢様でございますね。なんて素晴らしい作戦」

「でもこの作戦には一つ悩みどころがあるの……。それを二人に相談したかったのよ」

深刻な表情でフルールが話せば、二人が「悩み？」と尋ねてきた。

「この作戦の悩みどころ……、それは、ヴィクターに何を贈れば良いのかさっぱり分からないことよ！」

どうしましょう！　とフルールが思わず声を上げれば、ルドが「今回もまたザル作戦……」と小さく呟き、それをシャレルが肘鉄で制した。

かくして、三人のお茶会は急遽『ヴィクターに何を贈ろうか会議』となった。——この会議の名付けもフルールなのは言うまでもない——

なにせ贈る相手はヴィクターだ。公爵子息。家の資産はフレッシェント家とは比べられるものではない。

それも、既にヴィクターは現当主である父親の右腕として家業に励んでおり、兼業として魔法の研究もしている。彼の働きや功績は相当なものらしい。ただ親からお小遣いをもらってそのお金でプレゼントを買っているわけではなく、その事実がまた贈り物の真価を高めているのだ。

「ヴィクターからのプレゼントはさすがって言える代物ばっかりだわ。流行りを押さえつつも伝統と気品を忘れない。なにより私の好みを的確についてくるの。このハンカチだって、私の好きな花を私好みの色の糸で刺繍してるし、なにより手触りが凄く良いのよ」

しっとりと肌に吸い付くような手触り。これはきっと上質な布を使っているのだろう。悔しいぐらいにフルールの好みそのもので、早々にお気に入りの一枚になってしまった。

このハンカチと同等の贈り物。……いや、同等では駄目だ。ヴィクターを驚かせ、更には受け取りを拒否させなければならないのだから、公爵家の彼が想定できる代物ではいけない。

「でも男爵家が用意出来るものなら、当然だけど公爵家も用意出来るのよね。かといって奇をてらって変なものをあげても贈り物の意味が無いわ」

「なるほど、確かに難しいですね」

フルールの話を聞き、ルドも悩むように眉間に皺を寄せた。

彼は貴族の子息ではないが代々フレッシェント家に仕えている家の出だ。社交界で必要とされる知識に関してはフルールよりも深いかもしれない。そんな彼でさえ、ヴィクター相手の、それも『ヴィクターが驚き』なおかつ『遠慮し』更には『結果的に受け取ってしまい申し訳なさを感じる』という条件を満たす贈り物は思い浮かばないのだろう。

どうしたものか……、とフルールとルドが共に悩む。

だがそんな悩む二人に対して、一人静かに紅茶を飲んでいたシャレルがゆっくりと口を開いた。

「牛です」

と。

「う、牛……？」

「そうです。牛です。牛を貰って喜ばぬ者はおりません」

「そう……、なの……？」

シャレルの話に、フルールはなんとも言えない気持ちでじっと彼女を見た。

ちなみにその最中に終始ルドが「お嬢様、シャレルの話を聞いてはいけません」と制してくるのだが、それでも今のフルールは解決の糸口をシャレルに求めてしまう。

牛……。考えもしなかったプレゼント候補だ。そして今まで一度としてヴィクターから牛を貰った記憶はない。

確かに牛を贈ればヴィクターは驚くだろう。

「だけど牛を贈ってそのお世話はどうするの？」

「カティスが牛の扱いに長けてますから、世話の面での心配はございません。むしろ久しぶりに動物の世話が出来ると喜ぶかもしれません」

「そう……。牛はそんなに喜ばれるものだったのね」

「むしろ牛以上に喜ばれるものは思いつきません」

「それほどなのね。私、箱入りだから知らなかったわ」

初めて知る事実と解決策にフルールの瞳が輝き出す。思わず「牛って凄い」と呟いてしまった。

だがそこに待ったが掛かった。言わずもがなルドである。

「お嬢様、シャレルの話を聞いてはいけません。牛を贈ってもヴィクター様を困らせるだけですよ」

「ヴィクターを困らせられるの!?」

「え、いや……。それは……。確かに一部の地域では牛は重宝されるかもしれませんが、そもそもヴィクター様が受け取るわけありません」

「重宝されるものを受け取り拒否!?　それを押し付けるのが今回の作戦なのよ！」

「それはそうなんですが、でも牛というのは」

「時代は牛だったのね……！」

フルールの声に感動の色が満ち溢れ、逸る気持ちを抑えきれずに立ちあがる。

「シャレル、良い牛はどこで買えるの!?」

「ちょうど明日の朝に競りがあります。目利きは私にお任せください。牛の目利きも侍女の嗜みです」

「タイミングまでバッチリ！　これは天が、いえ、牛達が私にヴィクターに牛を贈れと言っているんだわ！」

意気込むフルールに、シャレルが「一番良い牛を選びましょう」と更に発破をかける。ルドだけが頭を抱えながら「俺が止めなきゃ……、俺だけが止められるんだ……」と呟いていた。

翌日、フルールは眩い日の光が降り注ぐ広場に居た。

その傍らには上質な牛。……は居らず、荷台を引くシャレル。荷台には搾りたての牛乳が入った大きな瓶が三本、それと大きな円形のチーズが三つ載せられている。

更にフルールの腕の中には子犬が一匹、スヤスヤと眠っていた。

「さすがに牛は駄目ね。生き物の譲渡には責任が伴うのよ」

とは、日の光を浴びながらのフルールの言葉。

前日の興奮が嘘のように落ち着いている。

そんなフルールの隣には、同じく子犬を一匹抱えたルド。こちらの子犬は眠る気はないようで、先程から地面に降りたいとルドの腕の中でうねったり、かと思えば彼の頭の上に乗ろうと活発に動き回っている。どちらも柔らかなクリームカラーの愛らしい子犬だ。

「フルールお嬢様が正気に戻ってくださって良かったです」

「搾乳体験と子羊の餌やり、ポニーと兎の触れ合いコーナーを経て冷静になれたわ」

「正確には、それらの後に搾りたての牛乳とチーズサンドを食べた後ですね。心行くまで楽しまれたようで良うございました」

子犬を抱えたルドの言葉にフルールは照れ笑いで返した。前日の興奮を知っている彼からのこの言葉はなんとも気恥ずかしく居心地悪い。

だが彼の言う通り、催しを楽しんだのは事実だ。

競りが行われているのは市街地からだいぶ離れた場所にある小さな町、その町外れにある広大な野原。開催時刻は早朝、日が昇るのとほぼ同時。おかげでフルールは夜明け前に起きる羽目になり、馬車の中でもうとうとと寝惚けていた。

それでも数時間かけて到着した頃には既に賑わっていたのだから、こういった手合いを仕事にする者達の朝は早いのだと感心してしまう。

到着し、まずは併設して開催されている体験や飲食を堪能し……、そしてふわふわの兎を膝に乗せた瞬間、

『生き物の命を利用するなんて駄目だわ！』

と、まるで啓示を受けたかのような考えに至ったのだ。

そうして搾りたて牛乳と大きなチーズを購入して今に至る。ちなみに牛を買いはしなかったが競りはしっかりと見学した。

「帰りにヴィクター様にもさしあげるんですか？」

「ヴィクターに会いに行きましょう。牛乳とチーズをプレゼントするの」

「えぇ。牛じゃないけど、牛乳とチーズでも驚くはずよ。遠慮しても押し付けるの。初志貫徹というものね」

得意げに告げ、颯爽と……は腕の中の子犬を起こしてしまうのでいかず、ゆっくりと馬車へと歩きだした。

「そういうわけで、ヴィクターに搾りたて牛乳と大きなチーズをあげる。遠慮しても無駄よ。私はなんとしてでもプレゼントするんだから」

「……そうか、牛乳とチーズか。ここは一度遠慮しておこうかな。フルール、申し訳ないから受け取れないよ」

「駄目よ、受け取ってくれないと」

遠慮するヴィクターに、フルールは頑(がん)として拒否(きょひ)を示し、挙げ句に「受け取らないなら置いていくわ」とまで告げた。

これは以前にヴィクターが取った手段の一つである。上等の日傘(ひがさ)を贈られた際にフルールは拒否したのだが、結果的に彼は日傘を置いて帰ってしまった。そのうえ、わざわざ翌日持っていったのに素知らぬ顔で「見た事の無い日傘だな」と言ってのけたのだ。結果、フルールは今もその日傘を愛用している。

その手法を今使うのだ。効果のほどは過去の自分が証明している。

だがふとフルールは思い立ち、牛乳の入った瓶を見つめた。

「明日(あした)持ってこられたらせっかくの搾りたて牛乳の鮮度(せんど)が失われるわね……。お店のひとも早いうちに飲むようにって言ってたのに。これはなんたる誤算。やっぱり牛の方が良かったのかしら。今からでも牛の競りに……！」

「フルールにそこまで言われるなら受け取るしかないな。本当は遠慮したいところなんだが、受け取らざるを得ないようだ」

フルールがさっそく競りに戻ろうとするも、まるでそれを止めるかのようなタイミングでヴィクターが大仰に溜息を吐いた。

彼の顔には困惑と、そして諦めの色が見える。更にはフルールにチラと視線をやると「こんなに良い物を受け取っても良いのかい？」とまで聞いてくるではないか。

このヴィクターの反応に、フルールはパッと表情を明るくさせた。

「えぇ、そうよ！　ヴィクターは私のプレゼントを受け取らないといけないの。だって私が強引に押し付けるんだもの！」

「そうか……。それなら牛乳とチーズは受け取ろう。カティス、厨房に運んでくれ」

ヴィクターがそばで話を聞いていたカティスに指示を出す。

その姿は公爵子息らしからぬ負けの色が漂っており、表情にも躊躇いの色が濃く現れている。……のだが、彼はそれらの表情を一瞬で消すと「それで」と話を改めてしまった。

数秒前まで遠慮していたのが嘘のような晴れ晴れとした声色と表情だ。

あまりの変わりようにフルールが「あら？」と違和感を覚えるも、それを問うよりも彼が先に話し出してしまった。

「その子犬はどうしたんだい？　ルドも子犬を連れているようだけど」

「競りの会場で貰ってきたの。チーズを買おうと思って指差したら、その指の先にこの子達が滑り込んできたのよ。そのうえ私の指に鼻をくっつけたり舐めたりしてくるんだもの、そんな事をされたら抱きしめるしかないじゃない？」

「確かにその流れだと抱きしめるしかないな」

「やっぱりそうよね。それで、抱きしめてたらお店の店主が子犬達の貰い手を探してるって話してきたの」

　元より動物を飼いたいと思っており、両親の許可は既に得ている。だが犬にするか猫にするか、どんな子にするか、どんな経路で探すか……、と悩んでいたのだ。

　そんなところにこの出会い。この子犬達を選ばない理由はない。

　これはもはや運命とさえ言える、出会うべきは牛ではなく子犬だったのだ！

　そうフルールが力強く話せば、子犬の頭を優しく撫でていたヴィクターが感心するように頷いて返してきた。

「牛の競りや動物との触れ合いだけじゃなくて子犬とも出会えるのか……。面白そうだから僕も今度行ってみようかな。フルール、その時は経験者として案内してくれるかな」

「楽しかったからまた行くのは構わないけど、牛の競りはかなり白熱していたわよ。あれは公爵子息といえども素人じゃ太刀打ちできない世界だわ」

「牛じゃなくて犬が欲しいんだ。友人や知人の家の犬が子犬を産んだら貰おうと思ってるんだけど、タイミングが悪いのかなかなか縁が無くてね」

　元より切望していた犬との縁。それを目の当たりにして更に運命だと力説され、羨ましくなったのだという。

話すヴィクターは愛おしいと言いたげな表情で子犬を見つめている。撫でる手も優しく、彼の姿を一目見るだけで子犬への愛が伝わってくる。よっぽど切望しているのだろう。

試しにと起こさないようそっと彼へと子犬を差し出せば、大事そうに両腕で支えながら抱き留めた。質の良い上着に毛がつく事も、ましてや子犬の足についた泥で汚れる事も気にしていない。

穏やかで嬉しそうな表情。子犬がプスプスと寝息を立てているのを聞くと、ふっと楽しげな笑みを零した。

その表情はどこかあどけなさがあり、幼少時の彼を彷彿とさせる。思わずフルールも笑みを零した。

「この子、ヴィクターが飼う？」

「良いのかい？」

「私にはあっちの子がいるわ。それに、もしかしたらこれがヴィクターの運命の出会いかもしれないじゃない」

だから、とフルールが話せば、意外そうな表情を浮かべていたヴィクターが再び腕の中の子犬に視線を落とした。ゆっくりと目を細めて子犬を見つめる。

「それなら貰い受けよう。僕の運命の出会いをフルールが連れて来てくれたんだ、そう考えると愛おしさが増すよ。世界で一番愛しい子犬だ」

話すヴィクターの瞳はこれでもかと輝いている。まるで子どものよう。いや、子ども以上に彼の瞳は『嬉しい』と分かりやすく語っている。

更に腕の中の子犬をあやすようにゆっくりと揺すりだした。起きていたら額にキスでもしてあげそうな可愛がりぶり。すっかり子犬の虜になってしまったようだ。

体面を保つために感情を抑えも、取り繕いもしない。『嬉しい』と『愛しい』が溢れだした表情。冷静沈着が常の彼にしては珍しいほどに感情が表に出ている。

そんなヴィクターの普段見られない一面を眺めつつ、フルールもまた表情を和らげた。

Side✦ ✦ヴィクター①✦

フルールから貰った子犬は、眠っていた時の静かさが嘘のように起きるやいなや活発になった。

屋敷中の匂いを嗅いで回り、屋敷で働く一人一人に鼻を擦り寄せて挨拶をし頭を撫でてくれと強請る。かと思えば庭に出てコロコロと転がりながら駆けまわりだす。両親も屋敷で働く者達もその無邪気な愛らしさに一瞬で虜になっていた。

そのうえ頭の良い子なようで、試しにとヴィクターが木の枝を放り投げれば咥えて持ってくるし、カティスがトイレの場所を教えると一度で理解してしまった。

「名前は何にしようか」

そうヴィクターが嬉しそうに呟いたのはその日の夜。

遊び回った子犬は今は夕食を終えてヴィクターの膝の上で眠っている。柔らかな毛を堪能するように背を撫でてやれば嬉しそうに身を捩った。

程好い重さ、温かさ、呼吸に合わせて緩やかに上下する腹部。何もかもが愛おしい。

この愛おしさに見合った名前をつけなくては。

「フルールのところの子と兄弟犬だというし、せっかくだから関係のある名前にしても良いかな」

「頭の良い子ですから、名前もきっと直ぐに覚えますよ」

子犬の寝床を用意しながら話すカティスに、ヴィクターが頷いて返す。

名前はまだ付けておらず、そもそも出会って数時間だ。だというのにすっかり気分はこの子犬の飼い主で、『頭の良い子』という褒め言葉に自分の事のように嬉しくなってしまう。

そうして再び子犬を撫でながら名前を考え……、ふと、疑問を抱いた。

「フルールはどうして突然牛の競りになんて行ったんだろう。楽しかったみたいだけど、前から興味があったような素振りは無かったし……。それに元々は僕に牛を贈るつもりだったと言っていたな」

自分のプレゼントのためにフルールがわざわざ遠出をしてくれた。それは嬉しい事なのだが、なぜそれが牛なのかが理解出来ない。

牛が欲しいと話した覚えはないし、そもそも話す話さない以前に牛の所有についてを考えた事も無い。他の動物についてならばまだしも、フルールと牛の話をした記憶も無いし、家族や友人達とも同様。記憶をひっくり返してもヒントになりそう事は思い浮かばない。

だが仮にも国一番を誇る公爵家だ。もしもフルールが当初の目的通り牛を贈ってきたとしても困りはしないだろう。カティスは牛の扱いに長けているらしいし、彼が無理でも世話係を雇えば良い。牛舎を建てる場所もある。

だから牛を貰っても問題は無かった。……今以上に疑問を抱いただろうが。それに、犬につける名前よりも牛につける名前の方が難しそうなので今以上に名付けに悩んでいた可能性もあるが。

「どうして僕に牛を……、それに僕が受け取らなくても押し付けるって言っていたな。もしかしてフルールは僕に悪意を持って……？」

まさか、とヴィクターが小さく呟いた。途端に胸に不安がよぎる。

だがそれに別の声が被さった。子犬の寝床の準備を終えたカティスだ。

彼は悩むヴィクターに対して、逆になぜ悩んでいるのかが疑問だとでも言いたげな表情で口を開いた。

「どうしてと仰いましても、牛ほど贈り物に最適なものはないでしょう」

と。

その堂々たる言葉に、ヴィクターが数度目を瞬かせた。

「……そう、なのか？」

「えぇ、そうです。牛ほど喜ばれる品はありません。牛は結納の際に贈られる品でもありますからね」

「結納……!?」

カティスの発言に、ヴィクターは思わず驚きの声をあげてしまった。

だが次いでふと考えを巡らせる。

「確かに、贈答品として動物を贈る習慣があるのは本で読んだ事があるな。地域によって多少は変わるようだが、どの本にも牛は高価な代物だと書いてあった気がする」

「羊や馬も悪くはありませんが、なんと言っても牛ですよ」

「だからフルールは僕に牛をくれようとしたのか。もしかしたら結納の意思も込められていたのかもしれない……」

そうと分かれば、あの場でフルールの意思を汲んでやれなかった事が悔やまれる。

結納の意思が分かれば、彼女の手を握って応え、すぐに挙式の予定を立てたのに……。

後悔と申し訳なさを覚えれば、気配でも察したのか膝の上で眠っていた子犬が目を覚まして顔を上げた。クゥンと鳴き声とも言えない小さな声を漏らし、己の頭を撫でるヴィクターの手をペロリと舐める。

「慰めてくれているのか？　ありがとう、優しい子だ。そうだな、落ち込んでいても始まらない。フルールからこんなに可愛いプレゼントを貰ったんだから僕も何かお返しをしないと」

何が良いか……、とヴィクターが考え込む。

そうして自分の膝の上で気持ちよさそうに撫でられている子犬と、次の仕事へと移るカティスに視線をやった。

可愛らしい子犬のお礼ともなれば生半可な品は許されない。ドレスや宝石などもってのほか。今まで贈ってきた品物を思い返すも、どれ一つとして、今膝の上で嬉しそうに尻尾を振る存在の足下にも及ばないのだ。

それに匹敵するのは……、

「……牛が良いのだろうか」

真剣な声色でヴィクターが呟く。

答えを求めるような口調。真剣な表情。

だがそれに対して、問われたカティスは静かにゆっくりと首を横に振った。

「残念ですが、しばらく牛の競りは行われないようです」

「そうなのか……。フルールに立派な牛を贈りたかったんだけど、残念だ。でも牛が贈れないなら子犬絡みにしても良いかもしれないな。せっかく兄弟犬なんだからお揃いにして、名前のイニシャルを……、そうなるとやはり名前を先に考えないと」

あれこれと考え始めるヴィクターは随分と楽しそうだ。

彼の気持ちの昂りを感じたからか、もしくは自分の話だと理解しているのか、子犬も嬉しそうに尻尾を振り、まるで返事をするかのようにキャンキャンと甲高い声をあげた。

場所は変わって、フレッシェント家のフルールの自室。

就寝前の一時を過ごしていたフルールが「へくしゅん！」と大きなくしゃみを漏らした。ふるりと身体を震わせる。

「なにかしら……。今一瞬、凄い寒気がしたの。でもどうしてか同時に助かった気分もしてるのよ」

不思議、と理解しがたい胸中の胸元を押さえる。

これに対して就寝の準備をしていたシャレルが不思議そうに首を傾げた。

「私は大物を逃してしまったような残念な気分です。なにか凄く立派なものの世話が出来そうだったのに……」

なぜこんな気分になるのか。

そう二人が顔を見合わせて首を傾げれば、窓の外からルドのくしゃみが聞こえてきた。

第2章　フルールの華麗な作戦と勝利の日々

1

この世界には魔法がある。

だが誰もが魔法を使えるわけではない。使うためには魔力が必要だが、殆どの者は魔力量が皆無で魔法とは無縁の人生を送っている。魔法を使える者も居るには居るが、せいぜい軽い物を顔の高さに浮かべたり、流れる水を一瞬止めたり小さな光の玉を出す程度だ。目眩ましにもならず、種も仕掛けもある手品師の方がよっぽど不思議な事が出来る。

そんな中でも、極稀に、優れた魔力量と才能を持って生まれてくる者がいる。


「ねぇヴィクター、魔法を見せてくれない？」

そうフルールが隣に座るヴィクターに声を掛けたのは、長閑な公園の一角での事。

昼過ぎの公園は程よく暖かく日差しが降り注ぎ、あちこちから子どもの楽しそうな声が聞こえてくる。目の前の広場では二匹の子犬とその面倒を見るシャレル達の姿があり、時折は近くで遊んでいた子ども達も交えて走り回っている。

穏やかで微笑ましい光景、心地好い天候、快適の一言に尽きる。

そんな清々しさを感じながら、フルールはヴィクターと並んでベンチに座っていた。

――ちなみに今日のフルールは『子犬の散歩に行くヴィクターを出待ちして困らせ作戦』を実行して見事に成功を収めていた。だが作戦はこれだけではない。むしろまだ序盤だ――

「魔法を？　ここでかい？」

「えぇ、なんでも良いから見せてくれないかしら」

フルールが頼めば、ヴィクターが不思議そうな表情を浮かべた。なぜ今ここでと言いたいのだろう。

だがその疑問を口にはせず、彼は穏やかに微笑むと了承の言葉を告げてきた。

そうして「見ていて」と前置きをすると手のひらを上向きにするよう促してくる。

それに従いフルールがゆっくりと手のひらを返せば、次の瞬間、手のひらの上にポンと一輪の花が浮かび上がった。ピンク色の花弁の可愛らしい花だ。次いで白い花、赤い花、今度はピンク色の花が二輪……。

次から次へと、まるで湧き上がるようにフルールの手のひらにポンポンと花が現れる。

不思議としか言えない光景はまるで魔法のよう。否、実際に魔法だ。

「凄い！　私が魔法を使ってるみたい！」

興奮しながらフルールが話し、試しにと軽く手を上下させてみた。

湧き上がる花がそれを受けて跳ね上がり、落ちてきた花を再び手で跳ねさせれば今度は二つに増える。その光景は美しく、更に魔法を使ったのだろう花が細かく輝きだした。

幻想的な光景。花どころか視界すべてが輝いているように思える。

そうして最後にフルールの頭上から鮮やかな花弁と細かな光が雪のように降り注ぎ、ふわりと強く吹いた風がそれらを舞い上げると一瞬にして消えてしまった。

美しい光景の余韻に、フルールが小さく吐息を漏らした。

「綺麗……。魔法みたいって思ったけど、本当に魔法なのよね」

「簡単な魔法だよ」

「その言葉、刺されたくないなら魔法研究者や学者の前で言わない方が良いわよ」

冗談交じりの脅しではあるものの少しだけ声色を潜めて真剣な表情で告げれば、ヴィクターも思うところはあったのだろう、「肝に銘じておくよ」と苦笑を浮かべた。

先程ヴィクターが見せてくれた魔法はとうてい『簡単な魔法』ではない。

そもそも魔法自体、使える者が限られている稀少な技術なのだ。その中でもあれほど繊細な魔法を、それも自分ではなく他人の手から発動させるともなれば出来る者は限られている。国中を探しても五人居るかどうか。

そんな魔法をヴィクターはあっさりと使って簡単とまで言ってのけたのだ。少ない魔力量ながらに日々研鑽に励んでいる者や、魔法の才能が無くともこの道を究めんと努めている学者達が聞いたらどう思うか。

さすがに刺しはしないが、恨み言の一つぐらい寄越すだろう。もしもスランプ中の者がいたら衝動に駆られてナイフを手に取るぐらいするかもしれない。

そうフルールが真剣な声色で話せば、苦笑を浮かべていたヴィクターが僅かに頰を引きつらせた。若干だが彼の顔色が青ざめていく。

「確かにさっきの僕の発言は迂闊だったな……。今後は注意するよ。だからそんなに怖がらせないでくれ」

微かに声が上擦っているのはフルールの脅しを真に受けたからだろう。

その反応が面白く、フルールは笑いたくなるのをなんとか堪えながら「分かれば良いのよ」と脅すのを終いにしてやった。

「でも、脅しを抜きにしてもヴィクターは自分が恵まれてるって自覚した方が良いわ。公爵家に生まれて、勉強も運動も出来て、そのうえ見た目も良い。それで高い魔力量と魔法の才能まであるんだもの」

「そうだね。それに世界で一番素敵な婚約者候補もいる」

「……すぐ調子にのるこの性格は欠点ね。でも生まれと才能と相殺出来るほどの欠点とも言えないから、やっぱり恵まれてるわ」

多少の欠点など、地位も才能も見目も持ち合わせているヴィクターには些細なものだ。むしろ彼に焦がれる女性からしたら、すぐに調子に乗るこの性格も美点に映る可能性が高い。可愛いとか意外な一面に胸がときめくとか。そういった点も含めてやはりヴィクターは恵まれている。

それに比べて……、

「私の魔法は自室に帰るだけよ。それも私の意思を無視して発動するんだもの。なんでこんなに差があるのかしら」

「僕はフルールの魔法も素晴らしいと思うけどね。魔法で物を移動させる事は出来ても、自分が移動するなんて誰にも出来ない事だよ」

「だからって……。別に移動したくて移動してるわけじゃないし」

不満を訴えるように唇を尖らせ、フルールは己の手のひらをじっと見つめた。

試しに手のひらに意識を集中してみる。花が湧き出る様を思い描いたり、心の中で念じたり、それだけでは足りないと「花……、キラキラと輝く花……。美味しいお菓子でも可……」と呟いてもみる。

だが残念ながら花は一輪も出てこず、輝きもしない。お菓子も出てこない。それどころか意識を集中しすぎるあまり自室に帰りかけてしまった。

「魔力があるのは良い事だけど、使える魔法がこれだけじゃあんまり意味が無いわ」

フルールもヴィクターと同様、魔力を持って生まれてきた。

だが彼のような魔法は使えない。それどころか物を浮かべたり移動させたりといった、魔力を持つ者ならば大体できるような簡単な魔法すら使えないのだ。

唯一使えるのが『自室に帰る』という魔法。それも感情が高ぶった時に、フルールの意思も事情もお構いなしに発動してしまう。先日は敗北感でも発動してしまった。

その場からパッと姿を消し、一瞬にして自室の窓辺に戻ってくるのだ。瞬間移動と言えば高等な魔法のように聞こえるが、本人の意思は考慮されず、なおかつ自室限定なのだから不便でしかない。

何度この魔法で自室に戻らされた事か。とりわけヴィクターの前から姿を消す事が多い。

「自分の意思で発動出来れば便利なのに。そうしたら世界中どこに行っても楽に帰って来られるわ」

「それが出来るようになったら世界中の注目の的になるだろうね。……僕のフルールが世界中の男達から注目されるのは気分が悪いな。やめよう、却下だ」

「独占欲を拗らせて勝手に却下しないでよ。でも、好きに発動させるのが無理でも、せめて誰かを連れて帰れるぐらいの融通は利かせて欲しいわね」

フルールの魔法はフルール本人の意思などお構いなしで、更に誰と居ようとも関係無しに発動してしまう。そのくせ自室に戻すのはフルール一人だけだ。隣に居ても、手を繋いでいても、ましてや手を握られたうえに手にキスをされかけていても、発動した魔法で自室に帰るのはフルール一人だけである。

おかげで、何度シャレルやルドを置いて自宅に帰ってしまったことか。二人とももはや慣れたものだと平然と帰ってくるが、それでもやはり申し訳なさは抱いてしまう。

「それに、幸い今まで問題にはなってないけど、今後どうなるか分からないわ。重要な場面とか、大事な相手と話している時に消えたりしたら失礼になっちゃう」

「僕の前ではよく消えてるけどね」

「ヴィクターは自業自得だから良いでしょ。むしろ、私が魔法で消えるって分かってるのにちょっかいを掛けてくるんだから、私にとっては魔法よりヴィクターの方が厄介だわ」

「随分な言い草だな。……でも言われる自覚はあるから黙っておこう。それに、僕はフルールの魔法が好きだからね」

「私の魔法が？」

フルールの魔法は『自室に帰る』、これだけである。

対面して消えられるヴィクターにとっては好きも何も無いのではないか。むしろ彼からしたらフルールが消えてしまうのでマイナスでは……。

そう疑問を抱いて問えば、ヴィクターが目を細めて微笑みながら口を開いた。

「フルールの魔法は綺麗だよ。フルールが消えた後は輝いて見えるんだ」

「輝いて？　そんなの言われた事がないわ」

ヴィクターの目の前から消える事が群を抜いて多いが、他の場面でも魔法で姿を消してしまった経験は幾度となくある。

友人達と恋愛話で盛り上がりついつい過激な話題になってしまった時──「キスの話をしていただけなのに」とは友人談──。メイド達と話している最中、男女の恋愛とその先についての話題になった時──「お付き合いして何年で結婚したいかとお聞きしただけです」とはメイド談──。

とりわけこの厄介な魔法は羞恥心に連動する事が多く、フルールが顔を真っ赤にさせてしまうと「そんな話、まだ早いわ！」と声を荒らげると同時に自室の窓辺に強制帰還させてくるのだ。ちなみに誰もがこの魔法を知っているため、フルールが消えても心配もしないし捜しにも来てくれない。

「結構いろんな人の前で魔法を使って消えてきたけど、誰も綺麗なんて言ってなかったわよ。しゃぼん玉が割れるみたいにパッと消えるだけだって」

「そうかな？　僕にはフルールが居た場所が明るく輝いて見えるんだけど……。いや、フルールが消えた後だけじゃない。僕にはフルール自身が輝いて見えるんだ」

穏やかな表情でヴィクターが見つめてくる。じっと、焦がれるように真っすぐに。

凛とした顔付きと涼やかな目元は一見するとクールな印象を与えるが、彼の紺碧の瞳はいつだって燃えるような熱を感じさせる。まるで瞳の奥に隠し切れぬ感情を押し留めているかのような……。いや、押し留めているのだろう。それはもちろんフルールへの感情だ。

軽い口振りでフルールを褒める時、愛しい婚約者と呼んでは反応を楽しむ時、それどころかフルールの文句を聞く時でさえ、ヴィクターはふとした瞬間に瞳の奥に熱を灯す。

彼の熱が自分に流れ込んでくるような錯覚に、フルールは自分の心臓が鼓動を速めるのを感じ取った。頬が熱くなっていく。

「ヴィクター、変な冗談はやめて……。また私に消えられたいの？」

「そうだね。せっかく散歩に来たんだからもう少し楽しまないと。ここでやめておくよ」

思いのほかあっさりとヴィクターが引いてくれたので、フルールは安堵しながら鼓動を落ち着かせるために胸元に手をやろうとし……、

だがその手をヴィクターに取られてはっと息を呑んだ。

彼の紺碧色の瞳がじっと見つめてくる。先程よりも熱く……。

「でも、冗談じゃなくて本気なのは分かって欲しい。僕にはいつだって、あの時から今も、フルールが世界で一番輝いて見えているんだ」

普段よりも真剣みを帯びた、まるで乞い求めるような声色。

フルールの心臓が再び跳ね上がった。いったん落ち着きかけていたから余計に衝撃的だ。

一瞬にして顔が熱くなり……、

そして案の定、その場から姿を消してしまった。

魔法である。

相変わらずフルールの感情と連動しているのに事情はお構いなしだ。

それから二十分後、フルールは再び公園に戻ってきた。

子犬達と遊んでいたヴィクターが意外そうな表情をする。はしゃぐ子犬を抱いたまま目を丸くさせる彼はどことなく間が抜けて見えるが、今のフルールにはそれを指摘する気はない。むしろその反応も腹が立つと彼を睨みつけ「自分でやっておいてその表情は無いんじゃない？」と文句をつけてやった。

「そもそも、不可抗力ならまだしもヴィクターは分かっていて私に魔法を使わせるんだから、迎えに来るなり連絡を寄越すぐらいしても良いと思うのよね！」

フルールが怒りを込めて訴え、それだけでは足りないとぐいと彼に身を寄せて、睨みつける眼光を更に鋭くさせた。

これはまずいと考えたのか、ヴィクターがバツの悪そうな表情を浮かべる。片手で子犬を抱き、もう片手を軽く上げるのは降参の意味だろうか。

「悪かったよ……。でも、さっきは僕もフルールに魔法を使わせる気は無かったんだ。僕の想いが強すぎるあまり、そして僕の言葉がフルールへの愛で溢れすぎるあまり、フルールの魔法を発動させてしまった……。これは不可抗力じゃないかな」

ヴィクターが説明するが、フルールはそれでもじっとりと彼を睨みつけた。

「不可抗力だろうと何だろうと、自分のせいなら迎えの馬車を寄越すのが普通じゃないかしら？　それこそが公爵子息の在り方だわ」

「なるほど、確かにそうだね。なんとなくだけど、フルールが魔法で消えたらお開きという感覚になっていた」

あっさりと返してくるヴィクターの軽さと言ったらない。

愛がどうのと言っていたくせにこの言い分。これにはフルールも毒気を抜かれてしまい、深く息を吐くと「もう、ヴィクターってば」と返して肩を落とした。自分の胸から怒気が緩やかに消えていくのが分かる。

「失礼しちゃうわ。まぁ、私もわざわざ戻ってくる事はあんまりないけど。今日はまだやる事があるから戻ってきたのよ。おかげで公園にうちの馬車が二台になっちゃったわ」

ぼやきながらもフルールは先程のベンチに座るようにヴィクターを誘った。

彼が子犬を一匹抱いたままそれに応じる。ヴィクターに貰われていった子犬のマフィン、どうやら遊び回っておやつを食べて眠くなってしまったようだ。もう一匹の子犬タルトはまだまだ遊び足りないと言いたげに地面を転がっているあたり、兄弟犬といえども性格や体力に違いが見られる。

遊んでいたかと思えば途端に眠ってしまう様が面白かったのか、ヴィクターがまるで我が子を見るかのように愛おしげに腕の中のマフィンを見つめ、起こさないようそっとベンチに腰を下ろした。

「それで、やる事ってなんだい？」

「貴方の魔法を褒める事よ。褒めて褒めて、褒め倒すの！　……っと、大声は駄目ね」

大きな声を出してはせっかく眠ったマフィンを起こしてしまう。

そう考えてフルールはパタと己の口を手で覆った。ヴィクターの膝の上で眠るマフィンの様子を見れば、幸い先程の声には気付かなかったようでスヤスヤと寝入っている。頭を撫でてやるのは大声を出してしまったお詫びだ。

「褒めるって、僕の魔法を？」

「そうよ。ヴィクターの魔法は素晴らしいわ。誰も真似出来ない究極の魔法、才能に溢れてる。芸術だわ」

「別にそこまで大袈裟に言う事じゃないと思うけど。ただ魔力量が多いってだけだよ」

「それが既に素晴らしいのよ。世界中を探してもヴィクターほど魔法を巧みに使える人はいないわ」

褒めちぎり、言葉だけでは足りないと拍手もしておく。紙吹雪を用意してこなかった事が惜しまれる。

ちなみにこれがフルールの作戦なのは言うまでもない。

ヴィクターはいつもフルールを褒めてくる。可愛いや綺麗といった外見を褒める事もあれば、優しい、努力家、芯が強いといった内面も。それどころか何気ない行動さえも褒めてくるのだ。褒め言葉の語録は彼一人で辞書を一冊作れそうなほど。

そのたびにフルールは恥ずかしくなり「もう、やめてよ」と彼を制していた。それでも止まらない時は耐え切れなくなって魔法が発動する事もある。

それをどうにか利用出来ないかと考え、とりあえずヴィクターを褒めてみる事にしたのだ。作戦名は『ヴィクターを褒めちぎって困らせ作戦』である。

もちろん作戦の詳細は彼には話さない。なぜそれほど褒めるのかと問われても「そういう気分なの」と強引に結論付けておいた。

「ヴィクターの魔法は素晴らしかったわ。花が次から次へと湧いて、それに綺麗に輝いていた。ヴィクターは簡単な魔法だって言ったけど、そもそもあの魔法を選ぶセンスが良いのよ」

「そうかな……」

「それに、私に魔法を見せて欲しいって頼まれてすぐに見せてくれたでしょう？　優しいのね。マフィンもすっかり懐いてるし。ヴィクターは素敵だわ」

「フルール、そんなに褒めないでくれ」

ヴィクターが照れ臭そうに頭を掻く。普段の彼らしからぬ態度だ。

それを見てフルールは自分の胸に期待が湧くのを感じた。

ヴィクターはフルールのような自室に帰る魔法は使えない。つまり困ったままずっとフルールに褒められるしかないのだ。もちろん逃げようとしても追いかけるし、話題の変更も許さない。とにかく褒めて褒めて、ひたすらに褒め倒すのだ。

その果てに彼はきっと困り果てるに違いない。そして今までの己を省みるだろう。

そうフルールが勝利の気配を感じ取ると、ヴィクターが照れ臭そうに笑い、そっと手を繋いできた。

おや……？　とフルールの胸に疑問が湧く。

この流れは……。

「ヴィクター……？」

「そんなに褒めないでくれ、フルール。ますますきみを好きになってしまう。……だけど」

ヴィクターがフルールの手をそっと持ち上げ、己の口元に寄せる。

「そこまで僕の事を想ってくれているなんて嬉しいな。フルールが褒めてくれる『素敵なヴィクター』はフルールのものだよ」

そう告げて、ヴィクターがフルールの指先にキスをしようとしてくる。

その瞬間フルールは顔が熱くなるのを感じて、体の中で魔法が発動するのを感じ……。

だがヴィクターが神妙な表情で自分の手を見つめている事に気付いた。

真剣な顔付き。好意を語る時の表情ではない、もっと鬼気迫るようなものだ。彼のこんな顔は初めて見た。

「ヴィクター、どうしたの?」

「フルール、この傷はどうしたんだ?」

「傷? もしかして手の傷の事?」

ヴィクターに問われ、彼の手から己の手をすっと引き抜いて手の甲を見る。

白い肌は親指の付け根だけまるで薔薇の花弁を一枚落としたかのように赤くなっており、中央には短い切り傷が走っている。

試しにとフルールが軽く指で擦ればピリッと痛みが走った。といっても悲鳴を上げるほどのものではない。痛痒い程度のものだ。

「ただの切り傷よ。もう血も止まってる」

「……いつ負ったんだい?」

「いつって……、気付いたら傷がついてたのよ。朝は無かったと思うし、公園に来た時にも無かった気がするから、その後かしら」

公園に着いてからはしばらく子犬達と遊び、その後はヴィクターとベンチで話していた。

彼の魔法を見せてもらい、自分の魔法について話し、ヴィクターに迫られて恥ずかしさのあまり魔法を使って一度自宅へと帰った。そして再び公園へと戻って来て今に至る。

その最中に傷を負ったのだろう。草で切ったか、それとも何かにぶつけてしまったか。もしかしたら自分の洋服の金具に引っかけたのかもしれない。あまりに軽傷過ぎて思い当たる節が無い、その程度の傷だ。

そうフルールが話すも、ヴィクターはいまひとつ納得がいかないと言いたげだ。眉根を寄せた深刻な顔をしている。

だがフルールが不思議そうに彼を見つめていると視線に気付いたのか一瞬小さく息を呑み、表情を普段のものに戻してしまった。「気にしすぎかな」と穏やかに微笑んでくる。

……もっとも、その微笑みはいささかぎこちなく、取り繕っているものだと分かる。

ヴィクターを良く知らぬ者が見れば気付けないかもしれないが、だてに十年以上も彼に付き纏われていない。

「ねぇヴィクター、何かあった？　こんなの怪我とも言えないわ」

「そうだね……」

「気になるようなら家に帰ったら手当てするから。消毒して薬でも塗れば直ぐに治るわ」

だから、とフルールが彼を宥める。

彼を困らせるために作戦を練って手を尽くしてはいるが、今の彼の様子を見ると宥めたくなってしまう。

　あくまで自分の目標は『今まで強引だったヴィクターを真似て彼を困らせる』なのだ。怪我を案じられても成功とは喜べない。

　そんなフルールの気遣いを察してか、ヴィクターも「分かった」と了承の言葉を返してきた。次いで広場でタルトを遊ばせているカティスを呼んだ。

「カティス、応急処置の道具は持ってきてるかい？」

「はい、簡易的なものでよろしければ」

「それならフルールを診てあげてくれ。手を怪我してしまったんだ」

　ヴィクターが説明すれば、カティスが鞄から小さな箱を取り出した。

　手のひらに収まる程度の箱。中には消毒液とガーゼ、包帯、それと小さな鋏が入っている。切り傷程度には十分な備えだ。

　促されてカティスに片手を差し出して処置を頼めば、彼が真剣な顔つきで傷を見てきた。それにシャレルまで隣に並んでじっと傷を見つめてくるではないか。

　どちらも真剣な表情をしており、双子ゆえ似た顔付きだからか妙な迫力を感じさせる。

「二人ともそんな顔をしないで。もう痛くないしすぐに治るわ。ほら、タルトまで心配しちゃってる」

　先程まで遊び回っていたタルトが今はフルールの足元に座り、こちらをじっと見上げている。言葉は分からずとも空気に当てられたのか、どことなく心配そうに見えてしまう。包帯を巻き終えた手で頭を撫でてやれば、キュンと一度高く鳴いて手を舐めてきた。なんて可愛らしいのだろうか。さすがに包帯を巻いている箇所を舐めようとした時は駄目だと手を引いたが、代わりに鼻を数度突っつけば楽しそうにその場にコロンと転がった。

そんなやりとりで気分が晴れたのか、見ればヴィクターは普段通りの穏やかな表情に戻っている。膝の上で眠っていたマフィンが起きた事に気付くと頭を撫で「お前も遊んでおいで」と優しく地面に降ろしてやった。途端に子犬二匹は跳ね回るようにじゃれ合い出し、再び遊ぶべく広場へと駆けていく。

微笑ましい光景だ。

誰もがそれを眺め、シャレル達は子犬が周囲に迷惑をかけないように追いかけていく。

先程までの不思議な空気はいつの間にやら無くなっている。だがフルールだけは「そんなに心配する怪我かしら？」とチラと視線を落として包帯の巻かれた己の手を見た。

2

その日、フルールは朝からクッキーを焼いていた。

貴族の令嬢ならば焼かずとも望めばクッキーを食べられるのだが、材料を量って焼いてと手順を踏むのが楽しいのだ。

それに生地を練っているとストレス発散になるし、型抜きは無心になれる。その結果に美味しいクッキーを食べられるのだからこれ以上の事はない。

「作戦の成功率は半々、いえ七割と考えて良いかもしれないわね。まずまずだわ」

「そうですね」

「このまま過去のヴィクターを参考にして積極的に迫っていけば、きっとヴィクターも困惑して私を避けるようになるはず。……多分、なると思うのよ。きっと。私そうなると信じてる」

若干不安になってしまい語尾が弱くなる。だがそんな弱気を「なるのよ！」と気合いと共に掻き消した。生地を練る手にもついつい力が入る。

隣ではシャレルが材料の計測を手伝ってくれており、都度相槌を返してくれる。……返してくれるのだが、視線が計測器に釘付けなのでいまひとつ心がこもっていなそうだ。

「それで、次はいったい何をなさるんですか？」

「またプレゼント作戦を実行するのよ。あの時のヴィクターの反応は手応えがあったわ！」

「なるほど。確かに牛を贈ると聞いた時のヴィクター様は困っていらっしゃいましたね。きっと牛という高価な贈り物を想像して気が引けてしまったんでしょう」

ヴィクターの反応を思い出し、フルールとシャレルがこれは有効と頷き合う。

その後ろではルドが呆れたような表情で「牛だから困ってたんだ」とシャレルの話に口を挟んでいるが、それはあっさりとスルーされてしまった。

次いで彼はシャレルに代わって材料の計測を始めた。道具を前にして厳しい表情を浮かべ、挙げ句に眉間に皺を寄せる。

「シャレル、お前あれだけ真剣な表情で量ってたのになんで全然合ってないんだ」

「概ね合ってる」

「せっかくお嬢様がクッキーを焼くんだぞ、概ねで味がおかしくなったらどうする。そもそも概ねってずれじゃないだろ」

まったくと言いたげにルドが材料を量り直し始めた。もちろん小言付きで。

だが当のシャレルは小言に対して悪びれる様子無く、それどころかフルールへと視線をやると肩を竦めてくるではないか。まったくと言いたげな態度を見るに、自分の大雑把な性格はだいぶ高い棚に上げているようだ。

二人のやりとりに思わずフルールは笑ってしまった。

ルドは代々仕えている家の子息だけあり、気が利くし仕事もきっちりしている。いささか口うるさいところもあるが出来る男だ。対してシャレルは侍女なのにだいぶ大雑把で力任せな一面がある。

片やまさに執事という性格で、片や侍女らしからぬ性格。

そんな二人なのだから上手くやれているわけがない。……のだが、そのうまくやれていない様がフルールには面白いのだ。

そうして楽しく賑やかにクッキーを焼き、さっそく食べようとお茶の準備をし始めた時……。

「お嬢様、リデット家のヴィクター様がいらっしゃいました。門の前でお待ちです」

と、一人のメイドがフルールを呼びに来た。

なんとも絶妙なタイミングではないか。思わずフルールは今まさに食べようと手にしていたクッキーをじっと見つめ「狙われていたの？」と疑問を口にした。

「私の予定が筒抜けなのは今に始まった事じゃないけど、まさかクッキーが焼き上がる時間まで把握されているなんて思わなかったわ。もしかして、情報を漏らしているのは厨房関係者かしら……」

「何の話だい？」

怪訝な顔でフルールがヴィクターを出迎えれば、彼もまた不思議そうな表情を浮かべた。

どうやらクッキーについては知らなかったようで、焼き上がりのタイミングだったのはまったくの偶然らしい。もっとも「今から二時間は暇なはずだろう」と言ってくるあたり相変わらず予定は筒抜けのようだが。

「もしかしてお茶のお誘い？　それとも散歩？　観劇は今からは無理だし、レストランを予約していてもクッキーの味見でお腹いっぱいだからお断りよ」

筒抜けのスケジュールにより、ヴィクターに連れ出される事は数え切れないほどあった。

リデット家でのお茶や近辺の散歩に始まり、チケットがあるからと観劇へ、予約したからとレストランへ……。その言動や所作はスマートでありつつも、根本的には強引な誘いもしばしば。彼はまるで以前から約束をしていたかのように自然な流れでフルールをあちこち連れ出すのだ。

観劇は面白くレストランの料理は美味しかったので結局はうやむやにしていたが、今回ははっきりと断らねば。そう心の中で己に言い聞かせ、改めてヴィクターに「今日は付き合えないわ」と念を押す。

だがそんなフルールに対して、ヴィクターは困ったように眉尻を下げてしまった。

「そんなに僕と出かける事を考えてくれていたんだね。だけど申し訳ない、今日はフルールを誘いに来たんじゃないんだ」

「あら、そうだったの？　……待って、私べつにヴィクターの事ばっかり考えてたわけじゃないわよ」

「今日は用事があって。申し訳ないがシャレルを借りても良いかな」

フルールの訴えをさらりと聞き流し、ヴィクターがシャレルへと視線をやる。つられてフルールも彼女を見た。

「シャレルを？」

「少し付き合ってもらいたいんだ。戻りは夜になるかもしれない。代わりにカティスを置いていくよ」

ヴィクターが話す最中、彼の背後からさっとカティスが現れた。褐色の肌に黒い髪。きっちりと着こなされた執事服。「今日一日よろしくお願いいたします」と頭を下げる姿は様になっている。

これに対してフルールはきょとんと目を丸くさせてしまった。

メイドや執事が他家に駆り出される事は珍しくなく、とりわけそれが長く付き合いのある家同士ならば尚更だ。

なのでヴィクターがシャレルを連れ出してもおかしな話ではない。……のだが、なぜシャレルを指名するのか。それもなぜわざわざカティスを代わりに置いていくのかが理解できない。

フレッシェント家は男爵家だ。余るほどとはさすがに言えないがメイドの人数は十分で、シャレルが不在でも他のメイド達で補える。そもそもシャレルはフルール付きの侍女なので屋敷の細部を任されているわけではなく、彼女が居なくともフルールが部屋で大人しくしていれば問題ない。それになにかあってもルドが居る。

「わざわざカティスを貸してくれなくても良いんだけど……」

「フルール様、私はお邪魔でしょうか。よろしければおそばに、とはいかずとも、お屋敷に置くぐらいは許して頂きたいのですが」

「そんな、邪魔ってわけじゃないわ。それならタルトの躾をお願いして良いかしら。動物の扱いが得意なんでしょう？　食いしん坊なのか、待てがなかなか覚えられないのよね」

お願いね、とフルールが告げるとカティスが安堵と共に微笑んで返してきた。

そうして改めてフルールがヴィクターへと向き直れば、彼の手元にはいつの間に取り出したのか白い小箱があるではないか。

これは……、とフルールが何かを感じ取る。一見するとただの白い小箱だが、ヴィクターが持っている事、そして彼が微笑んでいる事から、フルールの脳裏に今までの様々な記憶が蘇った。主にヴィクターからあれこれとプレゼントを贈られてきた記憶である。

「なにか分からないけど受け取れないわ」

「そんなこと言わないで。せめて中を見てくれないかな」

「……それで私が手に取って中を見たら、今度はヴィクターが受け取らなくなるんでしょ。貴方が十三歳から十五歳の間によく使ってた手法よ。私、忘れてないんだから」

「僕とのやりとりをそんなに細かく覚えてくれていたのか。嬉しいな。それじゃあ、そこまで覚えてくれている事への感謝として受け取ってくれ」

ヴィクターが手にした小箱を軽く揺らしてアピールしてくる。

これに対してフルールは眉間に皺を寄せながら「今はああ言えばこう言う手法なのね」と彼をじろりと睨みつけた。もちろん彼の言う理由で受け取るわけがない。

ちなみに、このやりとりの最中シャレルは出掛ける準備のために屋敷に戻ってしまい、カティスは駆け寄ってきたタルトを抱き上げて頭を撫でまわしている。ルドだけが主人と公爵子息の押し問答を前にどうしたものかと困惑していた。

これもまた三者三様で面白いのだが、あいにくと今のフルールには楽しむ余裕はない。なにせ、油断をしたらプレゼントを贈られてしまう。

それもきっと高価で素敵なプレゼントだ……。ゴクリ、とフルールが生唾を呑み、決意を新たにヴィクターを見た。

「何と言おうが受け取らないわ。そもそも、この間もハンカチをくれたじゃない」

「あれはフルールが白旗代わりのハンカチをくれたからそのお礼だよ。これは別件。フルールのために作ったんだ。ほら、リボンタイ、なかなか良い出来だろう？」

ヴィクターが小箱を開けて中を覗くように促してくる。

そこまでされたらと、フルールは手を出さないながらも身を寄せて視線をやり……、

「……素敵」

と感嘆の言葉を漏らした。

小箱の中におさめられているリボンタイに、不覚にも胸をときめかせてしまったのだ。

赤い布で作られた大振りのリボン、周囲を囲う細かなレース。中央に飾られた白い石は一際美しくて目を引く。華やかで眩く、それでいて華美過ぎないシックさもあるリボンタイだ。見た瞬間、箱の中が輝いているようにさえ感じてしまった。

だがすぐさま我に返り「受け取れないわ」と拒否を示した。内心では素敵なリボンタイに心揺れるが、そこは「いざとなったら買い取りましょう」と心の中で己に言い聞かせる。

そんなフルールの受け取るまいという決意を感じ取ったのか、ヴィクターが眉尻を下げて小さく溜息を吐いた。

「そうか……、それなら僕が着けるしかないな」

「ヴィクターが着けるの？　これ女性ものでしょう？」

「でもフルールがいるのに他の女性には渡せないだろう。母上が好むデザインでもない。なにより、これはフルールのために作ったんだ。フルールが着けるか、それが叶わないなら僕が着けるしかない。……似合うだろうか」

ふむと真剣みを帯びた表情でヴィクターがリボンタイを見つめる。着用している自分を想像しているのだろうか。

ヴィクターは美丈夫だ。知的さを感じさせる精悍な顔付き、スラリとした高身長、長くバランスの良い手足。美しい薄水色の髪はサラリと風に揺れ、紺碧の瞳は彼の整った顔付きをより魅力的に彩っている。彼ほど美しい男はそう居ない。少なくともフルールは知らない。

だがいくら美丈夫とはいえヴィクターは男だ。麗しいといえどもそれは男性らしさを伴う麗しさである。リボンタイ、それも可愛らしいデザインのリボンタイはあまり似合わない気がする。

そのうえヴィクターはこのリボンタイに合わせてドレスを仕立てようとまで言い出すではないか。これにはフルールもぎょっとしてしまった。

「ヴィクターがドレスを着るの？」

「このリボンタイを無駄にしないためにはドレスを着るしかないだろう。僕が突然ドレスを着だしたら社交界が騒然とするだろうけど仕方ない。あぁ、もしフルールが僕からのリボンタイを受け取ってくれたら社交界も騒然とせずに済んだのに……」

「人質ならぬ社交界の平穏質を取ってきたわね。年々巧妙になって嫌になっちゃう」

「受け取ってくれるかい？」

「社交界の平穏のためよ。……平穏のためなんだから」

ツンと澄ましてヴィクターから小箱を受け取る。

改めてリボンタイを見ればその可愛らしさに胸が弾みかけるが、それは気付かれないように表情を引き締めた。……引き締めたのだがどうやら頬が緩んでしまったようで、ヴィクターが嬉しそうに見つめてくる。そのうえ「喜んでくれたようで良かった」とまで言ってくる。

これにはフルールも反論出来ず、照れ隠しにコホンと咳払いをしておいた。

「その石、僕の魔力が込められているんだ」

「ヴィクターの魔力を？　そんな事が出来るの？」

「ちょっとしたおまじないみたいなものだよ。この前、僕の魔法を褒めてくれただろう。そのお礼に」

「私は褒めただけなのに。……そうだわ、ちょっと待ってて！」

まだ出発しないで！　と引き留め、フルールは急いで屋敷へと戻った。

再びヴィクター達の元へと戻り、持ってきた紙袋を彼に差し出す。

彼は不思議そうに紙袋を覗き込み「クッキーだ」と呟いた。

「リボンタイのお礼よ。といっても、さすがにあのリボンタイとつり合うとは思わないけど。でも今は贈れる牛が居ないの」

「牛……、やっぱり僕に牛を贈りたいんだね。その気持ちだけで十分だよ」

牛と聞いたヴィクターはどこか嬉しそうだ。

「ところで、これはもしかして手作りかい？」

「手作りの焼き立てよ」

「……フルールが？」

「えぇ、さっきまで焼いてたの」

自らクッキーを焼くのは貴族の令嬢らしからぬ行動ではあるが、かといって恥ずべきものでもない。そもそもヴィクターにはクッキーを焼く事があると以前から話しているので今更隠す必要もない。

そう考えてフルールが断言すれば、ヴィクターが一瞬言葉を失い……、次いで顔を背けてしまった。そのうえ片手で顔を押さえてしまう。

「ヴィクター、どうしたの？」

「……いや、すまない。思ったよりも嬉しくて」

「クッキーが？　公爵家ならもっと美味しいクッキーを食べられるじゃない」

「いや、フルールが焼いたクッキーが世界で一番だ。……実を言うと、いつかきみの焼いたクッキーを食べてみたいと思っていたんだ」

フルールから話を聞くたびに食べてみたいと思い、それでいて言い出せずに居た。

そう話すヴィクターに、フルールはまたも目を丸くさせてしまった。

顔を手で覆っていても隙間から覗くヴィクターの頬は赤く、耳までほんのりと色づいているのが見える。声も普段の声量より小さく上擦っている。

「それなら言ってくれれば良かったのに」

「……わざわざ焼いて貰うのも悪いだろう」

「ヴィクター、貴方って根本的には強引なくせに変なところで気を遣うのね」

面白い、とフルールがクスクスと笑いながら話せば、ヴィクターが小さな声で「笑わないでくれよ」と訴えてきた。

その声色もまた彼らしくないもので、フルールは笑みを強めた。

クッキーでこんなに喜んでくれるなんて可愛い、と少しだけ思ったのは内緒だ。

3

貴族の令嬢たるもの、パーティーに招待される事は多い。

そういった時には異性にエスコートをしてもらうのだが、フルールの相手が常にヴィクターなのは言うまでもない。

フルールが何を言わずとも当然のように迎えに来るし、両親もその点についてこれといって言及しない。フルールとしてはこの当然と言わんばかりの流れは不服なのだが、かといって他の男性にエスコートを頼むのも気が引けてしまう。

ヴィクターから逃げてはいるものの、他に良い相手がいるわけでもないのだ。

それに仮にここでヴィクターに見せつけるために他の男性を誘いでもしたら、その男性に迷惑が掛かってしまう。年頃の令嬢として迂闊な事は出来ない。

なにより、きっと誰を誘っても断られるだろう。

だがけしてフルールが嫌われているわけではない。

断られる理由、それは公爵子息ヴィクターに目をつけられるのを恐れて、だ。

彼はパーティーの場では常にフルールに寄り添い、他の男を不必要に近付けさせまいとしていた。睨んだり敵意を示すような物騒な真似こそしないが、終始フルールの隣に立ち、フルールが男性に話しかけられると穏やかに微笑み自然な流れを装いつつも割って入ってくる。

その姿はまさに牽制。スマートさや社交性を損なわず、それでいて他者に無言の圧を掛けるのだ。

しびれを切らしてフルールがこそりと逃げる事もあるのだが、当然のように追いかけてくる。逃げきれたと思っても気付けば隣に居たりする。

おかげでフルールに話しかけようとする男性は誰もが気後れしてしまっていた。エスコート相手なんてもってのほかだ。

そもそも、ヴィクターの執着ぶりは社交界では周知の事となっているので、きっとフルールがエスコートを頼んでも「エスコ」と言いかけたあたりで断られてしまうだろう。

ならばそれを逆手にとって自分がパーティーの場でヴィクターにくっついていれば、彼も不便に思うはずだ。

そうフルールは考え、その晩の夜会に挑んでいた。

もちろん今夜のエスコート相手もヴィクターだ。彼が当然のように迎えに来て、当然のように彼の馬車に乗せられた。否、乗せられたというほど強引ではなく、スマートな流れで誘導されて気付けば馬車に乗っていたのだ。相変わらずである。

フルールがリボンタイに合わせた赤色のドレスを着ているのに対してヴィクターも赤い刺繍の入ったスーツを纏っており、更には共に揃いの花の刺繍を胸元にあしらっているのだが、この情報漏洩ぶりに関しても相変わらず過ぎて言及する気にもならない。

いや、むしろ今夜は揃いの方が好都合だ。

「近付いてくる女性をみんな牽制するのよ。私が居ることで不便を味わうと良いわ。それでも離れてなんてあげないから。そう、これは『ヴィクターにぴったりくっついて困らせ作戦』よ……」

ブツブツとフルールが企みを呟く。

親戚と話すヴィクターにぴったりと寄り添ったまま。その話が終わり別の男性が彼に声を掛けてももちろんだが離れない。

夜会の主催者だろうと容赦はせず、挨拶こそするもののヴィクターからは一歩たりとも離れない。移動する際も同様、彼の歩みに合わせて歩く。

そうしてついに、一人の女性がヴィクターを見かけて歩み寄ってきた。

「ヴィクター様」

「きみは確か……」

「お久しぶりです。先日ご協力いただいた研究資料、拝見いたしました」

話しかけてきた女性はヴィクターよりいくつか年上、二十代後半ぐらいか。口調や所作から知的で清楚な印象を与える女性だ。話の内容からすると魔法関連の研究員だろう。

彼女の登場に、フルールは「来たわ！」と内心で意気込んだ。よりヴィクターに身を寄せる。

話しかけてきた女性には申し訳ないが、彼女が気後れしてしまうぐらいにヴィクターとの仲をアピールするのだ。二人の会話にも申し訳ないが口を挟ませてもらう。自然に、失礼の無いように、それでいて相手が意図を察して去っていくように。

ここからが『ヴィクターにぴったりくっついて困らせ作戦』の真骨頂！

……と、そう考えて意気込んだのだが、ヴィクターが女性に対して「話はまた後日改めて」と告げて早々に終いにしてしまった。

相手が不快にならないよう丁寧に、それでいて相手が意図を察して去ってくれるように。

ヴィクターの態度も口調も自然なもので、現に女性も不満を抱く様子なく別の場所へと去っていってしまった。

「……あら？」

牽制する前に終わってしまい、思わずフルールは間の抜けた声を出してしまった。

去っていった女性の後ろ姿と隣に立つヴィクターを交互に見る。そんなフルールの反応が面白かったのかヴィクターは妙に嬉しそうだ。

思い返せば、今夜のパーティーでのヴィクターは誰とも長く話す事はせず、長引きそうになるとそれとなく輪から抜けたり巧みに話を終いにしたりしていた気がする。先程の女性の対応しかり、それどころか男性相手でさえ直ぐに話を終えてしまう。

真摯な対応と巧みな話術ゆえ誰も気付いていないだろう。そばに、どころかぴったりと寄り添って牽制の機会を狙っていたフルールでさえ今になって気付くほどなのだ。

「ヴィクター、もっと話をしなくていいの？　……たとえばさっきの女性とか」

牽制して邪魔をするはずが逆に促す羽目になってしまった。

そんなフルールに対して、ヴィクターは苦笑しながら肩を竦めてみせた。どこかおどけたような態度は大人びた彼を少しだけ子どもっぽく見せる。

「せっかくフルールが寄り添って僕を見てくれているんだ。その瞳を他所に向けさせたくないし、僕も他所を見たくない」

嬉しそうに、そしてどことなく照れ臭そうに笑いながらヴィクターが告げてくる。

その表情にフルールは何とも言えないむず痒いような気持ちになってしまった。

作戦は失敗だ。……だけど不思議と悪い気はしない。


パーティーで寄り添ったまま過ごし、寄り添ったままダンスをし、そして寄り添ったまま二人で中庭に出る。

ヴィクターは終始嬉しそうだ。むしろフルールが離れない事を実感していくからか、時間が経つにつれてより上機嫌になっていく。

フルールが中庭に出ようと誘うと「もっときみを独り占めできるのかい？」とまで言って寄越すではないか。さすがにこれにはフルールも大袈裟だと呆れてしまう。

「ご機嫌なのは分かったけど、スキップしたら許さないからね」

「分かってるよ。でも足取りが軽くなりそうだから隣で腕を取って押さえていて欲しいな」

「貴方って、褒める時も大袈裟だけど喜ぶ時も大袈裟なのね」

呆れ交じりにフルールが告げるも、これにさえもヴィクターは嬉しそうに返してくるのだからよっぽどだ。

その浮かれ具合も、浮かれている事を正直に伝えてくるところも、まるで子どものようではないか。

思わずフルールも苦笑し、ヴィクターの腕を取って歩き出した。

そうして夜の中庭に出れば、屋内の華やかさと賑やかさが嘘のように静まり返っていた。もっとも中庭とはいえ来賓を迎えるための場所だ。屋内のような絢爛豪華な眩さこそないが景観は整えられており、警備も敷かれている。等間隔に置かれた外灯は暗すぎず明るすぎず来賓達の周辺を柔らかく照らし、吹き抜ける夜風がパーティーの火照りを程よく冷ましてくれている。

そんな中庭に設けられたベンチに横並びに座り、フルールは密かに笑みを浮かべた。

——密かに笑みを浮かべるフルールの隣では、ヴィクターが分かりやすく上機嫌な笑みを浮かべているのだが——

中庭に出て二人きりになったのは新たな作戦実行のためである。

作戦名は『ヴィクターに過剰に触って困らせ作戦』。内容は作戦名の通り。

過去、ヴィクターはフルールに過剰に触れてきていた。手を取ってきたり、手にキスをしようとしてきたり。……後は手を握ってきたり。指先を絡めて手を握ってきたり。時には両手でフルールの手を包み込んできたり。

主に手である。むしろ手以外の箇所にはみだりに触れたりしてこない。……のだが、フルールからしたら手に触れる事すらも過剰なのだ。手に触れるのは正式なお付き合いが決まった男女がする事、手にキスなんてもってのほか。

今夜はそんな今までのヴィクターを真似て、フルールが彼に触れるのだ。過剰に触れられれば彼も困るだろう。もしかしたらフルールをはしたないと考え、恥ずかしさのあまり避けるようになるかもしれない。

「そうよ……、これはそのための作戦……。だからべつにはしたない行為じゃないのよ」

「フルール、どうしたんだい？」

己を鼓舞するフルールに、ヴィクターがどうしたのかと尋ねてくる。

そんな彼にフルールは問題無いと返し、次の瞬間、決意を胸にさっと手を伸ばした。

「ヴィクター、覚悟！」

「フルール？」

突然のフルールの気合いと伸ばされた手にヴィクターが目を丸くさせ……、そして自分の肩に視線を落とした。

否、正確に言うならば自分の右肩に触れるフルールの手に、だ。

「ゴミでもついてたかな」

不思議そうにヴィクターが尋ねてくる。

だがそんな彼の問いをフルールは華麗に聞き流し、今度は彼の左肩に触れた。

ペチリ、ペチリ、

ペタリ、ペタリ、……と。

時には触り方も変え、二の腕を触り、ついでに腕を揉んでみる。

ヴィクターは一見するとしなやかな体軀をしているが、体の造りは意外と男らしく大きく骨ばっている。腕や肩回りもがっしりとしており、フルールの女性らしい体とは違う。

男性の体……、と考えると羞恥心が昂りそうになるが、すんでのところでぐっと堪えた。

仮にここで羞恥心のあまり魔法で消えてしまった場合、『ヴィクターを人気のない庭に誘い込んで触り倒した挙げ句に消えて逃げた令嬢』となってしまう。はしたないどころの騒ぎではない。

だからこそ羞恥心を抑え込みながら触り続けていると、ヴィクターの体が不自然に震えだした。

さっそく効果が！　とフルールの胸に期待が一気に湧く。

「やっぱり触られると困るのよね！　そうよねヴィクター！」

「………………くっ」

「……ヴィクター？」

期待を抱いてヴィクターを見上げ……、だが次の瞬間、フルールは怪訝に眉根を寄せた。

ヴィクターがなんとも言えない表情をしている。

露骨に顔を背けてむぐと無理に口を噤み、肩を微かに震わせている。試しにフルールが彼の手を揉んでみればふっと軽く息を吐いた。だがすぐさま口を一文字に結んでしまう。

心なしか歯を食いしばっているようにも見えるのだが、これは気のせいだろうか。

「ヴィクター、もしかして笑ってるの？　嫌がってるんじゃなくて？」

「せっかくのフルールからのスキンシップを嫌がるわけないだろう。……ただ、触り方が僕を起こす時のマフィンみたいで」

子犬のマフィンは彼を起こす際、手や腕、肩に鼻を寄せてくるらしい。ふんふんと鼻先で突っつき、額を押し付け、時には前足を引っかけてくる。そのたびに子犬の柔らかな毛が触れてくすぐったくて堪らないのだという。

フルールの触り方はそんなマフィンを思い出させて笑いを誘う。だが触れられること自体は嬉しいので笑っているのを気付かれまいと耐えて今に至る。

そんなヴィクターの話にフルールは一瞬目を丸くさせ……、拗ねるようにふいと顔を背けた。もちろん彼の腕に触れていた手をパッと離して、更に横にずれて少し距離も取っておく。二度と触るものかという強い意志の表れだ。

「笑わないでよ。失礼ね」

「ごめんよ。もう笑わないからまた触ってくれるかな」

ほら、とヴィクターが両腕を広げて求めてきた。

フルールからの過剰なスキンシップを――子犬と同等扱いされたがフルールからしたら

過剰なスキンシップだ――気にしている様子はなく、それどころか延長を望んでくるではないか。

もちろんこれに応じる気はない。

「望まれては触らないわ。もう、作戦失敗よ」

「作戦？」

作戦とはいったい何の事かとヴィクターが尋ねてくる。それに対してフルールはしまったと己の迂闊さを悔やんだ。

『ヴィクターを困らせるために今までのヴィクターの積極性を真似している』などと、当の本人であるヴィクターに言えるわけがない。

話題を変えて誤魔化さなければ。そう解決策を探し、フルールは周囲を見回し……、ふと夜空を見上げた。

日中は雲一つない晴天だったというのに、今は夜空を薄墨色の雲が覆っている。その切れ目から月が覗いているが全体的にどんよりとしており、心なしか空気も湿っている気がする。夜中には雨でも降るのだろうか。

地上では華やかなパーティーが開かれているというのに、空は一転して薄暗い。

「なんだか今夜は変な天気ね。昼間は晴れてたのに」

頭上を見上げながら話せば、ヴィクターもつられるように視線を空へと向けた。なんとも言えない彼の返事が返ってくる。

「さっきまでは風が吹いて少し涼しかったのに、それも吹かなくなっちゃったし。せっかくパーティーの夜なのになんだか勿体ないわね」

「あぁ、そうだね……。気味の悪い夜だ」

「そうね、この様子だと雨が降るかもしれないわ。帰るまでにはもってくれると良いんだけど」

どんよりとした、湿気て重苦しい空気。薄墨色の空。確かにヴィクターの言う通り『気味の悪い夜』だ。

作戦も失敗したし、あまり外に出ていても気分は晴れない。ならばさっさと屋内に戻ろうか。そう考えてヴィクターを見て、フルールは不思議そうに彼を呼んだ。妙な表情で空を見上げている。

「ヴィクター、何かあった？」

「いや、べつに……。ただ、こういう夜はあまり出歩いてほしくないんだ」

「出歩く？　誰が……」

問いかけ、フルールは言葉を詰まらせた。

背筋に寒気が走ったのだ。

それと同時に、どこか遠くから波音のような音が聞こえ……、

「きゃっ！」

次の瞬間、強い風に煽られ、フルールは咄嗟に身を強張らせると同時に声をあげた。

生温い風だ。湿気を纏っているからか妙に重々しい。

まるで体の中に入り込んで心臓すらも掠めていくかのような風に、不快感が足元から這い上がってくる。過ぎ去っても気持ちの悪い余韻が体に纏わりつき、周囲の湿気が増した気さえした。

「な、なに今の……。ヴィクター、今の風、なにか変じゃなかった？」

周囲を窺いヴィクターへと視線をやろうとする。

だがそれより先に、フルールの胸の内に生まれた不安が一瞬にして嵩を増した。

まるで不安が爆ぜるような、それでいて心臓を鷲摑みにされたような苦しさ。不快という言葉では表現しきれぬ感覚。

「……っ！」

来る。

否、来た。

と、頭の中で何かが訴えた。

ザァッと草木を揺らす音が波のように押し迫る。先程よりも湿気た風が強く草木を揺らし、まるで大波のようにフルールへと迫り……、

「フルール！」

ヴィクターの声が聞こえ、彼の腕がフルールの体を掴むと共に力強く抱き寄せてきた。

ドンと彼の体に自分の体がぶつかる。全身に襲い掛かろうとしていた生温い風が腕と足の僅かな部分だけを舐めるように掠めていく。それさえも気持ちが悪く、意識が不快感で満ちていく。

言いようのない負の感情が頭の中を占める。

そうして数秒、まるで世界が止まったかのような静けさを感じた。

耳が痛くなりそうなほどの沈黙。

屋内から聞こえていたパーティー会場の音楽も、中庭に出ている他の来賓達の話し声も、何も聞こえない。

空に掛かる薄墨色の雲がこのベンチだけを覆ってしまっているような、すべての音が鈍くなって膜で遮られているような感覚。ボゥ……とくぐもった奇妙な音が耳の中で木霊している気がする。

気持ちが悪い。

なのに、次第に何が気持ち悪いのかも分からなくなる。

くぐもった異音に引っ張られるように、フルールの意識までぼんやりと霞みはじめ……、

「フルール、フルール！」

しきりに自分を呼ぶヴィクターの声と緩く肩を揺すられる感覚に、はっと我に返った。

頭の中の霞が四散していくように意識がはっきりとする。数度瞬きを繰り返し「ヴィクター……」と彼を呼んだ。

「あれ、私……。今強い風が吹いて……」

どうしたのかと無意識に乱れた髪を押さえながら呟き、ヴィクターを見て、……次の瞬間、フルールは小さく息を呑んだ。

ヴィクターは焦りを前面に出した、それでいて不安を綯交ぜにした表情をしている。眉尻を下げたその表情は今にも泣きそうなほどで「フルール……」と呟かれた声は小さく掠れている。まるで不安でどうしようもなく親に縋りつく子どものようだ。

それを見た瞬間フルールの胸まで切なさを覚え、咄嗟に彼の頬に手を伸ばした。優しく指先で擦ってやる。

「ヴィクター、気分が悪いの？　大丈夫？」

宥めるように声を掛ければ、彼は一瞬言葉を詰まらせたのち、小さく吐息を漏らすように「あぁ、」と返してきた。

落ち着きを取り戻したのか、彼の体から僅かに力が抜けていくのが分かる。

「すまない、心配させたね」

「良いの。なんだか変な風だったもの」

「フルールはもう大丈夫かい？」

今度はヴィクターが案じてくるので、フルールも頷いて返した。

周囲を見れば中庭に出ていた客達も先程の強風に驚いたようで、中にはハンカチが飛ばされただの髪が乱れただのと話しながら小走りで屋内へと戻っていく者も居る。

それほど不快な風だったのだ。大雨の前だってあれほど温く重い風を感じた事はない。

余韻が残っているのか、まだ少し胸騒ぎが……。とフルールは考え、触れているヴィクターの服をぎゅっと摑んだ。

彼の厚い胸板が体に触れ、腕が放すまいと抱きしめてくる。

……そう、抱きしめているのだ。

自分が彼の腕の中にいると知り、フルールの顔が一瞬にして真っ赤になった。

「ヴィクター、も、もう大丈夫よ！　だから放して！」

「いや、もしかしたらまた風が吹くかもしれない。僕のフルールが風に攫われたら……、心配だから今夜はずっと僕の腕の中に」

「風に攫われる前に今すぐに消えそうよ！」

魔法が発動しちゃう！　とフルールが訴え、ヴィクターの体をぐいと押しのけた。

いくら自分を案じてくれたからといって抱きしめられるのは恥ずかしい。それに今は夜会の最中だ、もしも魔法が発動して帰ってしまっては主催者に失礼である。

帰るのならせめて主催者にお礼を告げて、友人達に挨拶をし、両親に先に帰ると報告して、連れて来ているシャレルにも「魔法で先に帰らされるわね」と伝えてからでないと……。

そうフルールが必死に訴えれば、ヴィクターが苦笑と共にそっと腕を放してくれた。

その際の「魔法で消えるのも厄介だね」という言葉には「一番厄介なのは貴方よ」と睨んで返しておく。

「まったく、私が風に攫われるわけないでしょ。あ、でも別に重いわけじゃないからね！」

「分かってるよ。僕のフルールは花びらのように軽くて、でも風に攫われたりなんてしない。だって僕のそばに居てくれるんだからね」

「……相変わらずすぐ調子にのる。それより屋内に戻りましょう、また変な風が吹いて今度は雨が降ってくるかもしれないわ」

湿った風が吹く日は天気が崩れる事が多い。それも降ってきたと思った直後に大粒の雨が降り注ぐのだ。屋内に逃げ損ねたらずぶ濡れになるかもしれない。

他の来賓達も同じ考えだったのだろう、気付けば周囲には人が居らず、まるでその対極かのように屋内のパーティーが盛り上がっているのが聞こえてくる。

「さっきの風で髪が乱れちゃった。先に戻ってシャレルに直してもらってくるわね」

ヴィクターに告げて、フルールは足早に屋内へと戻っていった。

「お嬢様、大丈夫でしたか？」

屋内に戻るなりシャレルが駆け寄ってきた。

本来ならば彼女は夜会の場には出ず、御者と共に別の場所で待っているはずだ。だが今はそれどころじゃないと言いたげである。

「大丈夫って何が？　シャレルの方こそどうしたの？」

「今の風が……。いえ、何も問題ないのなら良いんです。夜会の最中に失礼しました」

「別に平気よ。それより、髪が乱れちゃったの、直してくれるかしら」

「かしこまりました。では一室借りて参ります」

シャレルが頭を下げ、屋敷の者を探すために離れて行く。

そんな彼女を見届け、フルールは不思議な気持ちで一息吐き……、「いたっ」と小さく声を上げて足元を見た。

一瞬、ピリッと走るような痛みが……。

ドレスの裾をそっと上げて確認すれば、足首に小さな傷がついている。といっても小指の先ぐらいの切り傷だ。薄っすらと血が滲んでいるが、かといって大怪我というほどのものでもない。

「さっきの風で葉っぱでも飛んできたのかしら……」

呟けば、同時に先程の奇妙な風のことも思い出す。

それにヴィクターの態度も……。

今まで彼は手を握ったり手の甲にキスをしようとはしてくるものの、抱きしめるような事はしてこなかった。

手の甲へのキスだって、そうすればフルールが恥ずかしくなって消えると分かっているからしているのだ。彼はこちらが困ってしまうぐらい強引な性格ではあるが、無闇に触れるような真似はしない。どこまでもスマートで、だからこそ困ってしまうのだが。

だけどあの瞬間、ヴィクターはフルールを抱きしめてきた。許可を取る事もせず、むしろそんな余裕はないと言いたげに。

フルールを呼ぶ声も鬼気迫るもので、その後に見せた表情も彼らしからぬものだった。焦りと切なさを綯交ぜにしたような、怯える子どものような表情。堪らず彼の頬に手を伸ばしてしまったほどだ。

それにあの時の不快感……。

「変なの。天気がおかしいからかしら」

いまいち調子が悪いと溜息を吐けば、それとほぼ同時にシャレルが呼びにもどってきた。

Side★　★ヴィクター②★

蔓延っていた生温い風が緩やかに薄れていくのを感じ、ヴィクターは深く息を吐いた。

空を覆っている薄墨色の雲が流れていき月明かりが差し込み始める。途端に、とまでは言わないが、次第に中庭の雰囲気も本来のものへと戻っていった。

重く妙な息苦しさを覚えさせた静けさも今はただ厳かな沈黙になっている。先程の妙な風を知らない来賓達が一人また一人と中庭に出て、夜風の心地好さを語り出した。まるで先程のことが無かったかのように、中庭は夜会会場の一部に戻っていた。

あれはほんの一瞬の出来事だった。

だが確かにあの瞬間、この中庭だけがまるで異質なものに変わったような重苦しさで満ちていた。

「……フルール」

彼女が去っていった先をヴィクターが見つめてその名を呟くと、木の陰からすっと音もなく一人の青年が現れた。

まるで夜の闇に乗じるように。木の影が人の形を成したかのように。

人の目が無かったから良かったものの、来賓が居合わせていたら悲鳴をあげていたかもしれない。だが悲鳴をあげこそすれども、青年の姿を見ればすぐさま落ち着きを取り戻すだろう。「なんだ」と呟いて胸を撫でおろし「驚かさないでくれよ」と恥ずかしそうに笑うかもしれない。

褐色の肌と黒い髪は整った顔付きに独特な色香を宿し、きっちりと着こなされた執事服が様になっている。どこにでもいる執事だ。もっとも、その見目の良さは凡百とは言い難いのだが。

リデット家に仕える執事のカティス。普段は穏やかな表情で凛とした佇まいの彼だが、今だけは華やかなパーティーには似つかわしくない険しさがあった。「ヴィクター様」と主人を呼ぶ声も鬼気迫っている。彼をよく知らぬ者ならば名を呼ばれただけで震えあがりかねない声色だ。

「ヴィクター様、今のは」

「多分そうだろうな。だけど大丈夫だ、何も起こってない」

「そうですか……。フルール様は？」

「シャレルに髪を直してもらうって先に中に入っていった。僕もすぐに戻るよ」

ヴィクターがベンチから立ち上がれば、カティスが一度頭を下げて去っていく。背筋を伸ばした彼の歩みは執事らしく品があり、先程の鬼気迫る声色が嘘のようだ。

事態はひとまず落ち着いたと判断したのだろう。小さくなっていく背が語っている。

それを見て取り、ヴィクターもまた肩の力を抜くようにゆっくりと息を吐いた。

いまやすっかりと中庭は平時の厳かさを取り戻しており、吹き抜ける風はただ来賓達の頬をひやりと擽るだけだ。

そんな風に薄水色の髪を煽られ、ヴィクターは片手でそっと押さえると同時に空を見上げた。

「強い風に攫われる、か……。誰だろうと僕のフルールを攫わせたりなんかしないさ」

第3章 夜会と王女と……

1

一月ほど前からヴィクターが外国へと渡っている。

クレアン国という海を渡った先の大陸にある国だ。とりわけ友好関係にあるというわけではないが、最近は魔法関係での共同研究が進められており、その筆頭がヴィクターである。元々クレアン国は魔法の研究に長けており、彼等が異例の才能を持つヴィクターを頼らないわけがない。

今回もその件で呼ばれているらしい。曰く、世界中の魔法研究家が集まる大規模な発表会がクレアン国で開かれるらしく、そこにヴィクターも研究サポート兼ゲストとして招待されたのだという。彼の高い魔力量、優れた技術、魔法についての該博な知識、それらが国外からも評価されてぜひと切望されているのだ。

これは名誉ある事だ。普通であれば誇りに思い、そして家名を背負って挑むべき場面である……。

「……だっていうのに、ヴィクターってば直前まで『フルールが居ない場所にどうして僕が行かなきゃいけない』ってごねてたわね」

「見た目は相変わらず凛々しく爽やかなのにごねていらっしゃいましたね」

呆れを込めつつ話すフルールに、向かいに座るシャレルが肩を竦めながら同意する。

長閑で優雅な三時のお茶だ。場所はフレッシェント家の庭。

全貌を眺められる場所に設けられたテーブルセットに着いてお茶を楽しみつつ、フルールは置かれていた一枚の絵葉書を手に取った。美しい景色が描かれている絵葉書、宛名はフルールの名前、そして差出人の名前はヴィクター。

「まさかこんなに頻繁に手紙を書いてくるなんて思わなかったわ。ほぼ毎日よ」

「ヴィクター様はまめな方ですね」

「まめ過ぎるのよ。これじゃあ返事に書くことも無くなっちゃうわ」

参ったとフルールが小さく溜息を吐きつつ、手にしていた絵葉書に「少しは自重してよ」と話しかけた。

もちろんヴィクターに声が届くわけがない事は分かっている。それでも愚痴を漏らしてしまうのだ。

だがヴィクターからの絵葉書には合同研究の進捗についてや研究発表会の準備についてが綴られており、彼がクレアン国での研究に貢献している事が読み取れる。あれだけごねていた割には意外と充実しているようで、やるからには本気で挑もうという彼の根の真面目さも感じ取れた。

それでいて最後は『早く帰ってフルールに会いたい』と未練がましい一文で締められているのだ。ちょくちょくマフィンやタルトの様子を窺ってもくる。

真面目な研究者とごねる公爵子息、かつ愛犬家。それらが一枚の絵葉書に詰め込まれている。落差があるもののどれも彼らしいと言えば彼らしい。

面白い絵葉書、とフルールは苦笑し、テーブルの一角に置いた小箱を開けてそこから返事用の絵葉書を一枚取り出した。こちらは可愛らしい犬の絵が描かれており、そこに慣れた手つきでヴィクターの名前を綴っていく。宛先はクレアン国での彼の滞在場所の住所、ほぼ毎日書いているだけあり、もうメモを見ずに書けるようになってしまった。

「ヴィクターが戻ってくるまであと五日よね。最後まで頑張ってくれるような文面を考えないと」

「カティスからの手紙によると、ヴィクター様はフルールお嬢様からの手紙があってギリギリ持ちこたえているようです。どうにか最後までもつような返事をと書いてありました」

「責任重大だわ。でも、ここで『私も早くヴィクターに会いたい』って書いたらどうなるかしらという悪戯心が……」

「何もかも放って帰国するでしょうね。世界中の魔法研究員が泣いて恨みますよ」

「怖いこと言わないでよ、冗談よ。ちゃんとクレアン国で頑張ってくれるような文面にするわ。それに、次回開催のためにも戻ってきたら労ってあげる予定だから」

手紙の返事と、帰国直後の労い。これできっとヴィクターも上機嫌になるだろう。仮に次回開催の招待状が来ても応じるはずだ。――ごねはするだろうが――

そうフルールが笑いながら話し……、ふと話を止めた。

帰国するヴィクターの姿を想像してみる。きっと彼はすぐにフルールに会いに来るだろう。「会いたかった」とか「会えなくて寂しかった」とか、そんな言葉を告げてくるはずだ。熱っぽい口調と瞳で告げてくるか、それとも子どものように嬉しそうに話すか、頬を染めるかもしれない。

どんな反応をするのかと考えを巡らせ、フルールは小さく息を吐いた。

「私、今までヴィクターの事をちゃんと見てなかったのかも」

「お嬢様？」

「私から迫ってみたらヴィクターってば今まで見た事ない反応をしてくるのよ。クッキーをあげた時は喜ぶどころか頬を赤くさせてたし、パーティーの時にずっとそばにいたら子どもみたいに分かりやすく喜んでた。今回も、私から手紙の返事を書くって言ったらごねてたのが嘘のように大人しくクレアン国に行ったじゃない」

ヴィクターは大人びた雰囲気と理知的な印象を与える青年だ。実際に彼は常に冷静沈着で、年上の貴族や学者から頼られるような出来る男である。

だが意外と子どもっぽい一面も有るようで、とりわけ喜怒哀楽の喜と楽は分かりやすい。顔を赤くさせて照れたり、嬉しそうに子犬を抱きかかえたり、取り繕うことなく上機嫌に浮かれたり……。

彼を困らせるために自ら迫るようになり、そんな一面を知る事が出来た。……知ろうと思えばもっと早く知る事が出来ただろうに。

「……私、ヴィクターの事は嫌いじゃないわ」

ポツリとフルールが胸の内を言葉にし、手にしていたティーカップに視線を落とした。白地に紺色の花が描かれた美しいカップ。ヴィクターがクレアン国に行く前に贈ってくれたものだ。まるで子どもが訴えるように「これで紅茶を飲みながら僕に返事を書いてくれ」と強請ってきた。

その熱意に押されて仕方ないとフルールが了承すると、彼はパッと表情を明るくさせ、そしてクレアン国に渡っていったのだ。

あの時の分かりやすい反応を思い出すと、フルールも自然と笑みを零してしまう。

「そりゃあヴィクターの強引さには困ってるけど、でも困ってるだけで……。それに彼と一緒に居るのは楽しいわ。手を繋ごうとしてきたり、い、愛しいとか……、そういう事を言ってくるのは困るけど。だって私、そんな事を言われると恥ずかしくなるし、恥ずかしすぎると魔法で自室に帰ってきちゃうんだもの」

今までのヴィクターとのやりとりを思い出し、話す口調に熱が入ってしまう。手の甲にキスをされかけた事、じっと真正面から見つめてアプローチされた事……。思い出すだけで顔が熱くなってくる。

恥ずかしさのあまりこのままでは魔法で消えてしまいそうだ。もっとも、消えたところで自室に戻るだけなのでまた庭に出て来れば良いだけなのだが。

そう考えてなんとか己を落ち着かせ、深く息を吐き……、

「ヴィクターの積極性には困るけど、でも、別に嫌いじゃないの」

改めるように小さく呟いた。

まだ自分の感情がはっきりとしない。己の事なのに随分とあやふやで、ゆえに『嫌いじゃない』という言葉を繰り返してしまう。

それでもと胸の内を宥めながら適した言葉を探そうとしていると、向かいに座るシャレルが優しい声色で呼んできた。

「焦らなくて大丈夫ですよ。ゆっくりと落ち着いて、自分の気持ちに向き合ってください」

「自分の気持ちに……。そうね。ちゃんと向き合わないと。……でも」

己の胸元にそっと手を添え、フルールは小さく息を吐いた。

「私が向き合わないといけないのは、きっと私自身とだけじゃないわ」

落ち着きを取り戻した声で、フルールはテーブルの上に置かれた絵葉書に、そしてそこ

に思い浮かべるヴィクターへと告げた。

翌日、フルールはシャレルとルドを連れて市街地へと出た。

日中の市街地は人が多く活気に溢(あふ)れており、居るだけで楽しくなってしまう。

雑貨店を巡り、時には広場に集まっている露店(ろてん)を眺め、あれこれと店を見て回る。

そんな中、雰囲気の良い喫茶店(きっさてん)を見つけて一休憩(ひときゅうけい)することにした。眺めの良いテラス席に案内してもらい、それぞれ希望の品を注文する。

「ところで、フルールお嬢様はいったい何をお探しなんですか？」

とは、紅茶片手のシャレル。

彼女の隣(となり)では甘党のルドが嬉しそうにケーキを食べつつ、自分も疑問だと言いたげに視線を向けてくる。

二人分の問いにフルールは得意げな笑みを浮かべて、

「日記帳を買うのよ」

と断言した。

「日記帳ですか？　一昨年(おととし)は毎日日記を書くと宣言して一ヵ月半で断念してましたが、今年も挑戦なさるんですか？」

「あれは……。やめてよシャレル、変な事を思い出さないで。あれは書く事が無くなっちゃったのよ。他は続いてるもの……、ね、ねぇルド？」

「三年前は毎日本を読んで日記に感想を書くと仰ってましたね。確か一ヵ月で止めていたような……」

「もう、ルドまで余計な事を思い出さないで！　それに、今回は私だけの日記じゃないの。交換日記よ！」

　過去の事を思い出される恥ずかしさからフルールが強引に話を進めれば、シャレルとルドが揃えたように「交換日記？」とオウム返しで尋ねてきた。

　次いで疑問をはっきりと投げかけてきたのはシャレルだ。

「交換日記とは、どなたとされるんですか？」

「ヴィクターとよ。……私、いつもヴィクターから迫られて逃げてばかりで、彼とちゃんと話をしてなかったわ。だから交換日記で話をしようと思ったの」

「話をですか？」

「そう。私にどうして欲しいかとか、どんな風に距離を縮めていきたいかとか。……私、もしかしたら世間より少しだけ、ほんのちょっとだけ、奥手なのかもしれないから」

「お嬢様、ついに自覚が……。いや、でもこれは自覚しきっていない微妙なところですね。

ですがヴィクター様にきちんと希望を伝えるのは良い事だと思いますよ」

「そうでしょう？　でも直接話すのは恥ずかしいし魔法で消えちゃうかもしれないから、文面で伝えようと思ったの。交換日記なら他の事も交えて書けるから落ち着けるはずだし」

　文面ならば自分の胸の内や希望を落ち着いて綴る事が出来る。仮に自室で書いていて恥ずかしくなって消えたとしても、同じ室内に戻ってくるだけだ。

　その光景を想像するとなんだか虚しくなるし繰り返すと無駄に疲れそうだが、実際に話し合っている最中に消えて戻ってきてを繰り返すよりはマシだろう。ヴィクターだって、普段のやりとりならばまだしも、落ち着いて真剣に互いの事を話している最中に消えられるのは嫌なはずだ。

「だから交換日記で……。それで、せっかくだからフリルとレースの付いたとびっきり可愛い日記帳を用意しようと思うの」

　話の途中、ニヤとフルールが笑みを浮かべた。悪戯心がふつふつと湧き上がってくる。

　交換日記について提案すればヴィクターはきっと喜んで受け入れるだろう。だがフリルとレースがあしらわれた可愛らしい日記帳を見たら少しぐらいは躊躇うかもしれない。もしかしたら別の日記帳を用意しだす可能性もあるが、そこは頑として譲るまい。

　凛とした格好好さのある彼が可愛らしい日記帳に面食らい、それでも書き込む姿を想像するとなんだか面白くなってしまう。

「今まで困らされてきたんだもの、これぐらいの仕返しはして当然よ」

はっきりと告げて、フルールはシャレルとルドが食事を終えているのを確認すると「さぁ行きましょう」と意気揚々と立ち上がった。

日記帳の目星は喫茶店に入る前につけておいた。

可愛らしい内装の雑貨店で売られているものだ。表紙の中央に大きなリボンのついた日記帳と、四方を大振りのフリルで囲み細かなリボンのついた日記帳。この二冊が最有力候補である。

どちらも日記帳として考えると書きにくそうな気もするが、今回重視すべきは機能面よりも装丁。可愛らしさと派手さだ。よりヴィクターを困らせられる方を選ばねばならない。

「どっちの日記帳が良いかしら……。大きいリボンの方は目立つし、でもフリルも捨てがたいのよね。ルドはどう思う？」

「……見てててくすぐったくなるのはフリルです。そちらの方がなんというか、そわそわしますね」

「フリルにしましょう」

ルドの反応を見るに、男性はフリル仕様と細かなリボンの方が恥ずかしいようだ。

これならきっとヴィクターも気恥ずかしさで困惑するはず。

「これを見た時のヴィクター、どんな表情をするかしら」

普段、ヴィクターは常に堂々とした態度を取っている。凛とした麗しさも合わせて様になっており、一回り以上年の離れた者達に囲まれても物怖じする事はない。公爵子息という立場、その立場に見合った才能、なにより彼自身の努力もあり、さながら全身から自信が溢れているかのようだ。

だがいかに自信に溢れていようと、フリルで囲まれた可愛らしい日記帳を前にすれば臆してしまうだろう。困るか、焦るか、恥ずかしがりつつも受け取るか……。意外と可愛らしいものが好みで気に入ってしまう可能性もある。

もしかしたらまたヴィクターの新しい一面を見られるかもしれない。そう考えればフルールの胸も弾み、いざ会計へと歩き出した。

だが店内を進む途中、他所から聞こえてきた声に気付いて足を止めてそちらを向いた。一人の女性と小さな子どもが絵本コーナーで話をしている。どことなく似た雰囲気を纏っているあたり、親子だろうか。

どうやら買う絵本を選んでいるようで、あれこれと話しながら絵本を選ぶ様は、可愛らしい小物で溢れた雑貨店の景観と合わさってなんとも微笑ましい。

「お母さん、これは？」

「このあいだ図書館で読んだ魔女のお話よ。ほら、途中で怖いから嫌ってやめちゃったでしょう？」

「……怖いのはいや」

「それならこっちにしましょう。猫(ねこ)ちゃん達がお菓子(かし)作りをするんですって」

「ねこちゃん？　それにする！」

　母親が提案した絵本を見て少女が明るい声をあげ、持っていた魔女の絵本とやらを棚(たな)に戻(もど)して飛びつくように猫の絵本を手に取った。

　可愛らしい子猫の表紙だ。揃(そろ)いのエプロンをつけて材料を持ったりお皿を並べたりしており、表紙だけで内容の微笑ましさが予想出来る。

　そうして親子が会計に向かうのを眺(なが)め、フルールはふと先程(さきほど)少女が選びかけた絵本を捜(さが)してみた。どれも可愛い表紙の絵本ばかりだが『怖い』というのはどんなものなのか……。

「魔女のお話……、これかしら」

　該当(がいとう)しそうな絵本は、なるほど確かに他の絵本とは少し雰囲気が違(ちが)う。

　あえてなのだろう色褪(いろあ)せた絵柄(えがら)と紙質は独特な印象を与(あた)え、幼い子どもには怖く見えるかもしれない。とりわけ描(えが)かれているのが黒いローブを纏った老婦なのだから尚更(なおさら)だ。顔を隠(かく)したフード、老いを感じさせる猫背(ねこぜ)、魔女の周囲には瓶(びん)や箱が描かれているがどれもが古めかしく毒々しい色合いをしている。

　魔女の足元には黒猫。こちらは先程少女が選んだ絵本の子猫と違い、今すぐに威嚇(いかく)して鋭い爪で襲ってきそうな獰猛さが表れている。同じ猫であってもこうも違って描けるのかと感心してしまうほどだ。

「『災厄の魔女の物語』、有名な童話よね。私も何度かお母様から聞かされてるわ。ルド、シャレル、貴方達も知ってるでしょ？」

「えぇ、自分も母から聞かされています」

「……そう、ですね。私も」

フルールに問われ、ルドが絵本を覗き込んでくる。対してシャレルはなぜか考え込むように他所を向いていた。

『災厄の魔女の物語』は子どもでも知っている童話の一つである。

かつてこの世界には恐ろしい魔女が居り、災厄を招いて人々を恐怖に陥れていた。だが魔女は倒されて世界は平和に……、というよくある物語だ。

もう少し長い話になると魔女の恐ろしさや魔女を倒した魔女狩り一族についてが丁寧に描かれており、時にはホラーじみた描写や残酷なシーンも含まれる。だが今フルールが手にしている絵本ではそういった要素は殆ど省かれており、タイトルも『悪い魔女のお話』と簡略化され、魔女の悪事も微々たるもので最後も反省して締めくくられている。随分と優しく表現された絵本だ。

長く言い伝えられている童話だけあり内容も対象年齢に合わせて脚色されている。フルールも何通りも知っており、多すぎるあまりに元がどんな話かは把握（はあく）出来ていない。

「この絵本はだいぶ優しい話になってるわね。ほら見て、魔女の悪事も災厄ってほどじゃないし、最後は皆（みんな）で食事をしているわ」

「小さな子ども向けですし、自分が知っている中でもだいぶ表現が柔（やわ）らかくなってますね」

「これを怖がるなんて可愛い子ね。……いたっ」

本を閉じようとし、だが指先から走った痛みにフルールは声をあげて反射的に手を引いてしまった。バサと絵本が床（ゆか）に落ちる。

「お嬢様（じょうさま）!?」

ルドが慌（あわ）ててフルールを案じてくる。

見れば指先に薄（う）っすらと赤い線が走っており、それが次第（しだい）に血を滲（にじ）ませはじめた。赤い血の玉がぷつと浮（う）かぶ。

痛みというよりは痺（しび）れに似た感覚がじわじわと指先に広がっていく。

「紙で切っちゃったのかしら」

「お嬢様、こちらのハンカチで押さえておいてください。消毒液と包帯なら持っていますのでそれで処置を」

「ルド、貴方も応急セットを持ってるの？　執事（しつじ）って用意が良いのね。執事の嗜（たしな）み？」

「先日、カティスが持っているのを見て真似（まね）をしたんです。それより、とりあえず手当てをしましょう。ひとまず店の外へ」

促してくるルドにフルールも応じて返す。

「シャレル、もしかしたら血が付いちゃってるかもしれないから、その本を買っておいて。あと日記帳もお願い」

いまだ絵本コーナーに居るシャレルに声を掛け、フルールは店を後にした。

ヴィクターが照れてしまいそうな日記帳を首尾よく購入し、あとは彼に提案して渡すだけだ。

ちなみに日記帳の一ページは既にフルールが書いた。これは言い出した張本人として最初を綴らねばという使命感と、そして既に開始する事でヴィクターに断りにくくさせるためである。仮に彼が別の日記帳を提案してきたとしても「もう一ページ目を書いちゃったわ」で押し通すつもりだ。

そんな算段を立てながらヴィクターの帰国を待ち、いよいよとなった日の午後。フルールは自室でドレスやアクセサリーを選んでいた。

今夜のパーティーに着ていく服装の確認だ。ドレスやアクセサリー、靴、他の装飾品、それらを身に着けておかしなところは無いかを確認する。

纏うのは白と赤のコントラストが美しいドレス。胸元には今夜も赤いリボンタイを着けた。以前にヴィクターから貰った物だ。

彼の事を思い出しつつ、フルールはリボンタイの中央に飾られた石をそっと撫でた。

「帰って来て早々にパーティーだなんて、ヴィクターも大変ね」

「こればっかりはヴィクター様のご予定に合わせるわけにもいきませんからね」

「でも、てっきり帰国するなりそのままうちに来るかと思ったわ。それが来ないとなると、パーティーに出る準備で時間が無いのか、それとも疲れてるのか。疲れてそうなら労ってあげようかしら」

「フルールお嬢様に労って貰えばヴィクター様も元気になるでしょう」

その様子を想像しているのか苦笑交じりに話すシャレルに、フルールも笑って返した。

次いで視線を向けたのは自室の机。そこには一冊の日記帳が置かれている。

フリルのついた日記帳。細かなリボンもあしらわれており『可愛い』が前面に押し出されているデザインだ。

「ヴィクターに会ったらまず日記帳を渡そうと思うんだけど、疲れてるところにあの可愛い日記帳だと追い打ちになるかしら」

「フルールお嬢様と交換日記が出来るなら労いになると思いますよ」

「そうね。ヴィクターならきっと喜んでくれるわ」

話しつつ、日記帳を彼に渡す時を楽しみにし……、そんな中、室内に響いたノックの音に会話を止めた。

入ってきたのはルドだ。フルールが着替え中かもしれないと考えたのだろう、「よろしいですか？」と入室の確認を取り、フルールが許可を出してもそろりと窺うように顔を覗かせてきた。

「お嬢様、リデット家のカティスがお嬢様に話があると来ております」

「カティスが？　ヴィクターは？」

「いえ、それがヴィクター様はいらっしゃらないようで……」

「そうなの？　珍しいわね。でも良いわ、通して」

フルールが答えれば、既にルドの背後で待っていたようでカティスが一礼と共に姿を現した。

彼はシャレルと双子で、シャレルがフレッシェント家に来たのとほぼ同時にリデット家に勤め始めた。ゆえにフルールとも付き合いは長く、彼一人の訪問といえども取り立てて問題視するものでもない。

だがなぜヴィクターが居ないのかという疑問はある。それはカティスも理解しているようで、室内に入るや否や、問われるよりも先に「実は……」と話し出した。

「ヴィクター様より、今夜のパーティーではフルール様のエスコートが出来ないと言伝を預かっております」

「エスコート出来ない？」

「はい。事情があり……。なので、『急で申し訳ないが今夜は別の方にエスコートを頼んで欲しい』と」

申し訳なさそうに言伝を話すカティスに、フルールは上擦った声で「そう……」とだけ返した。

元々ヴィクターとはエスコートの約束をしていたわけではない。だが今までの流れで周囲はフルールのエスコート相手はヴィクター以外に居ないと考えているし、当のフルールも「勝手に決められて困っちゃう」と文句こそいえども内心では今夜も彼のエスコートだと考えていた。貰ったリボンタイを用意して、それが映えるドレスまで用意していたのだ。

きっといつも通りヴィクターが屋敷の門まで迎えに来て、スマートに誘導されて馬車に乗り込む。彼のスーツはフルールのドレスに合わせたデザインをしており、情報漏洩ぶりに呆れるもヴィクターは嬉しそうで、パーティー会場でも常に彼は隣に居て……。

そう考えていたのだ。だがヴィクターからのエスコートが無いとなると、それらが初手から崩れてしまう。

「えぇっと……、そ、それなら、誰か他にエスコートを頼まないと……。誰か空いている方は居るかしら」

まだ少し上の空の状態でそれでも話を進めようとすれば、今度はルドが口を開いた。

「実は先にカティスから事情を聞いておりまして、奥方様に話をしております」

「お母様に？」

「はい。親族に声を掛けて手配をすると仰っていました」

「そうなのね、ありがとう。それなら叔父様あたりが来てくれるかしら」

フレッシェント男爵家は歴史の長い家だ。親族も多い。フルールが困っていると知れば誰かしら駆け付けてくれるだろう。

これならパーティーで独りぼっちは回避出来そうだ。……だけど、

「ヴィクターがエスコート出来ないなんて、何かあったの？　疲れてパーティーに来られないとか？　それならお見舞いを用意するから持っていって」

「いえ、違うんです。ヴィクター様は今夜のパーティーに出席されます」

「そうなの？　それなら……」

なぜ、とフルールが問う。シャレルも疑問に思ったのだろう、不思議そうにしており、ルドも詳細までは知らないのか説明を求めるようにカティスを見つめている。

三人分の疑問の視線を受け、カティスが僅かに言葉を詰まらせた。整った顔付きが気ま

ずそうに歪む。

それでも自分が話をしないと始まらないと考えたのか、彼はゆっくりと口を開いた。

「実は……、ヴィクター様は別の方をエスコートするんです」

その晩のパーティーは大規模で豪華なものだった。

訪れた者達は誰もが談笑し華やかな一時を楽しみ、時には人脈を広げ、時には酒に酔う。

そんな中、フルールはなんとも言えない気分で居た。

隣に居るのはヴィクター……ではない。先程までは今夜のエスコート相手である叔父が居たが、彼はフルールの母と話をするために移動をしてしまった。

フルールも一緒に行こうかと考えたが、どうしても気になる事があってこの場に残ったのだ。

気になる事、それは……。

「ヴィクター……」

少し離れた先に立つ、上等のスーツを着こなす薄水色の髪の青年。見間違えるわけがない、ヴィクターだ。

彼は数人に囲まれて何やら話しており、フルールに気付いていない。次から次へと声を掛けられてそれどころではないのだろう。

中でもとりわけ彼に話しかけているのが、ぴったりと寄り添っている一人の女性。

「クリスティーナ王女……」

その名前を口にし、フルールは胸元に手を添えた。元々はヴィクターから貰ったリボンタイを飾る予定だったが、彼のエスコートではないと知りシンプルなブローチに変えたのだ。手に触れる感触に違和感を覚えてしまう。

クリスティーナ・クレアンは海を挟んだ先にあるクレアン国の王女である。年は今年で二十歳。フルールの三つ上、ヴィクターと同い年だ。金色のウェーブが掛かった髪が美しく、翡翠色の瞳が宝石のような麗しい女性。

彼女はヴィクターに寄り添い終始彼の腕を取っている。フルールの居る場所からは彼女達の会話の内容は聞こえてこないが、クリスティーナがしきりにヴィクターに話しかけているのは見て分かる。それに対するヴィクターは若干困った表情をしているものの、相手が王女なだけあり無下に出来ないのか都度応じている。

他にも、クレアン国での話を聞こうとする者やこれを機にクリスティーナに近付こうとする者、そういった者達がヴィクターとクリスティーナを囲むように集まっているのだ。夜会の主催者よりも人を集めてしまっている。

一介の男爵令嬢でしかないフルールでは臆してしまう空気だ。それでも恐る恐る輪に近付き、ひょいと顔を覗かせ「ヴィクター……」と細い声で彼を呼んだ。

「フルール！」

声を聞いたヴィクターがパッとこちらを向いた。その顔が一瞬で明るくなる。

次いで彼は周囲に居る者達を気にも留めず、輪の外にいるフルールへと近付いてきた。その歩みは強引とさえ言えるほどで、逆にフルールが周囲に申し訳なさを覚えてしまうぐらいだ。

「フルール、会いたかった。本当はすぐにきみに会いに行きたかったんだ……。そういえば、今夜のエスコート相手は？　急に予定を変えてしまって申し訳ない、大丈夫だったかい？」

「落ち着いて、ヴィクター。今日は叔父様にエスコートを頼んだの」

「そうか、叔父上と……。急に予定を変えて迷惑をかけてしまったな。後日お詫びをさせて貰おう」

「それより、おかえりなさい、ヴィクター」

矢継ぎ早に話すヴィクターを宥めて告げれば、彼は紺碧の瞳を一度丸くさせた。

だが次第にゆっくりと目を細めていく。フルールの言葉を噛みしめるような嬉しそうな表情。喜んでいるのが言葉にせずとも伝わってくる。

この表情も今まで見た事のないものだ。なんだか可愛らしい、とフルールは心の中で呟き、彼からの返事を待つ。

「ただいま、フルール。手紙の返事をありがとう」

「ヴィクターってば毎日ってぐらいに送ってくるんだもの、最後の方は書く事が無くて困っちゃったわ」

「フルールが返事をくれるから嬉しくて送ってしまったんだ。それに、ちょっとごね過ぎた自覚はあるから、クレアン国でしっかりとやってるって伝えようと思って」

「ごね過ぎた自覚はあるのね」

クスとフルールが笑えばヴィクターがばつが悪そうに苦笑した。どうやら彼なりに思うところはあるようだ。

ならばこの話題はもうお終いにしてあげよう。そう考えフルールはまるで子どもの悪戯を許す親のような気分で「そういえばね」と話を改めた。

「私ね、貴方と交換日記を……」

言いかけ、フルールが言葉を止めた。

否、「ヴィクター様！」と高い声が割って入ってきて止めざるを得なかったのだ。

声を発したのはクリスティーナ。先程までヴィクターの後ろに居た彼女は突然ぐいと彼の隣に身を乗り出し、それだけでは足りないと彼の腕を取ると身を寄せた。

「ヴィクター様、あちらの方がヴィクター様と私の研究について詳しく聞きたいと仰っています。ぜひご一緒に話をしてください」

「クリスティーナ王女……。だが今僕はフルールと」

「フルール……。ああ、フレッシェント家のフルールさんね」

クリスティーナの視線がようやくヴィクターからフルールへと向けられる。

慌てててフルールはスカートの裾を摘まんで頭を下げた。

「フルール・フレッシェントと申します。以後お見知りおきを」

「そう……。ねぇヴィクター様、私、他の方とも挨拶がしたいわ。紹介してくださらないかしら」

フルールの挨拶に対して碌な返しもせず、クリスティーナは再びヴィクターへと話しかけてしまった。まるでフルールは眼中にないとでも言いたげな対応だ。

その態度は無礼としか言いようがないのだが、クリスティーナは一国の王女であり国賓、対してフルールは一介の男爵令嬢。これを咎められるわけがない。

むしろクリスティーナの露骨な態度を前にすると咎めようとすら思えず、フルールは呆気に取られるように目を丸くさせてしまった。あまりに露骨過ぎて言葉が出てこないのだ。

だが呆気に取られるフルールとは逆にヴィクターは彼女に苦言を呈そうと思ったのか、視線に鋭さを宿して自分に寄り添うクリスティーナを見た。僅かに身を引くのは腕を離させようとしているのだろう。

「クリスティーナ王女、フルールに対して失礼な態度は止めてくれ。貴女が僕にエスコートを強いるからフルールに迷惑を掛けたんだ」

「そんな、私べつに迷惑なんて……。ヴィクター様にエスコートをお願いしたのは、今後の共同研究の事をお話し出来ると思ったからです。それに周りの方も私がヴィクター様にエスコートして欲しいと言ったら、その方が良いと仰っていました」

「それは誰もクリスティーナ王女に逆らえないからだろう」

　クリスティーナに返すヴィクターの口調は彼らしからぬ厳しさがある。こうもはっきりと拒絶と厳しさを宿した彼の口調は聞いた事がない。

　ヴィクターはフルールに近付く男性に対して牽制するが、それはあくまでスマートかつ紳士的な対応でだ。そして必要な時にはきちんと敬意を払う。

　きっと公爵子息として己の立場を考え、かつ己の行動でフルールの評価が下がらないようにと考慮もしているのだろう。強引な性格ではあるものの、そういう点では妙に冷静だったりする。時にはごね過ぎたと反省する事もあるが。

　だが今のヴィクターの態度はそういったものとは違う。明らかにクリスティーナに対しての厳しさを見せている。たとえ相手が一国の王女といえどもお構いなしだ。

「ヴィクター、大丈夫よ。今夜は叔父様が来てくれたから気にしてないわ」

これ以上ことを荒立たせてはまずいと、慌ててフルールがヴィクターを宥めた。

もっとも、責められたクリスティーナはさして気にしている様子はなく、それどころかフルールのフォローを聞いても尚ヴィクターにぴたりと寄り添ったまま「行きましょう」と彼を誘うではないか。

「フルールさんもこう仰っているわ。ねぇヴィクター様」

「……クリスティーナ王女、いい加減に」

いい加減にしてくれ、と言おうとしたのか、だが今度は周囲に居た来賓達がヴィクターの言葉を遮ってきた。

ヴィクターに魔法研究について質問する者、クリスティーナに対しておべっかのように褒め言葉を贈る者、今夜の夜会で振る舞われている酒や料理を二人に勧める者……と様々だ。そして様々でありつつも、誰もが話題を変える事でヴィクターを宥めようとしているのが分かる。

そしてちらとフルールに視線を向けてくるのは、きっとこの場の空気を読んでくれという無言の訴えだろう。

言葉で告げられずとも分かるし、フルールもこれ以上食い下がる気はない。

「失礼いたします、クリスティーナ王女」

「フルール……」

「ヴィクター、またね。研究お疲れさま」

呼び止めようとするヴィクターに対して、諭すような声色で返す。

そうして背中に注がれる彼の視線を感じながら、フルールは足早にその場を後にした。

2

あの晩のパーティーから半月が経つが、ヴィクターとは碌に話す事が出来ずにいた。おかげでいまだ日記帳はフルールの手元だ。

その理由は言わずもがな、クリスティーナ・クレアン。

彼女は常にヴィクターに付き纏い、何かあれば彼を呼び出し、時間があればリデット家を訪問し、まるで側仕えのようにヴィクターを隣に置いている。もはやそれは接待の域を超えているのだが、相手が一国の王女なだけに周囲も止める事が出来ず、ことを荒立たせないためにヴィクターに対応を強いているのだという。

「ヴィクター様の予定はすべてクリスティーナ王女に筒抜けになっており、うまくリデット家を抜け出せないようです。先日も親戚の家に向かおうとしたところクリスティーナ王女に観劇に誘われて応じざるを得なかったとか」

淡々と報告するシャレルに、フルールは溜息交じりの小さな声で「そう……」と返した。

場所はフレッシェント家の馬車の中。緩やかな振動を受けつつ、膝の上に置いた日記帳に視線を落とす。

この日記帳を買ってから既に半月。だというのにいまだ二ページ目は白紙のままで、それが妙に物悲しく見えてしまう。そっと表紙を撫でれば無意識に溜息が漏れた。

「ヴィクターも大変ね」

「そうですね。クリスティーナ王女は滞在理由に魔法の共同研究を掲げており、ヴィクター様はそれにも付き合わされているそうです。それ以外でも国内を案内するようせがまれ、周りからも王女の相手を求められて、公私ともにクリスティーナ王女に付き纏われているという状況ですね」

「相手は一国の王女だもの、蔑ろには出来ないわね。ところで、シャレルは随分とヴィクターの事情に詳しいのね」

「情報を得るのも侍女の嗜みです」

あっさりと返すシャレルに、フルールは「侍女ってそういうものなの？」と首を傾げてしまった。

牛の競りの日にちを把握していたり、牛の目利きだったり、更にはヴィクターの事情も把握している。本人は当然のものだと言い切っているが、侍女というのはこれほど情報通なものなのだろうか。

「侍女って凄い……！」

思わずフルールが感心すれば、ルドが何か言おうと口を開く。

もっとも、その反論はシャレルが話を再開させた事で遮られてしまったのだが。ぐぬぬ、とルドが悔しそうに唸るもシャレルはお構いなしだ。

「本日もヴィクター様のご予定はすべてクリスティーナ王女に提供されているようですが、今から一時間ほどは秘密裏に空いているそうです。この時間はクリスティーナ王女も外交のために場を外さないとならないらしく、お嬢様がお会いしても邪魔をしに来られないはずです」

「……公爵子息が秘密裏にしている空き時間をどうしてお前が知ってるんだ」

「秘密裏の情報を知るのも侍女の嗜み」

ルドの言及をシャレルがしれっと躱す。挙げ句に窓の外の景色を眺め始めてしまった。

答える気が無いと態度で示しているのだ。

ルドの悔しそうな唸り声が馬車の走行音と被さる。普段は落ち着き払った執事然とした彼だが、シャレルが相手になるとどうにも冷静を貫けないようだ。睨みつける表情にも態度にも貴族に仕える執事としての優雅さは見られない。対してシャレルの堂々とした態度と言ったら。

それが面白く、フルールは思わず笑ってしまった。

訪れた公爵家はどことなく落ち着きが無かった。

それもそのはず。一国の王女が足繁く通っているのだ。もちろん彼女は単独では行動せず、常に数人の配下をそばに置いている。そのうえこれを機に王女に顔を覚えて貰おうと考える他家の者達までリデット家を訪れる始末。

もちろん公爵家がそんな来訪者達を無下に出来るわけがない。日々対応に明け暮れている、というのはシャレルから聞いた話だ。

現にフルールが訪ねても以前のような出迎えは無かった。普段ならば顔見知りのメイドや使用人達が来てくれるのに、今回はカティス一人だけ。それほど多忙なのだろう。

「ようこそいらっしゃいました」

「カティス、貴方と話をするのもなんだか久しぶりな気がするわね。ヴィクターを呼んでくれる？」

「ヴィクター様でしたら、自室に……」

カティスが説明しようとするも「フルール！」と聞き覚えのある声が被さった。

ヴィクターだ。彼は屋敷の扉から現れるや、慌ててフルール達の元へと駆け寄ってきた。

「窓からフレッシェント家の馬車が見えて、もしかしたらと思ったんだ。久しぶりだね、フルール。今日はどうしたんだい？」

「今日は渡したいものがあって来たの」

「ついに牛かい？　わかった、すぐに牛舎を建てるよ。カティス、厩舎の隣に牛舎を建てる手配に移ってくれ」

「違うの！　牛じゃないわ!!」

牛を貰えること前提で話を進めようとしてくるヴィクターを慌てて制止する。

彼は一瞬目を丸くさせた後、気恥ずかしそうに表情を緩めた。ほんのりと頬を染めて、照れ臭いのか頭を掻けば薄水色の髪が揺れる。

「すまない、久しぶりにフルールに会えて浮かれていたみたいだ」

「浮かれるのは良いけど、さすがに牛舎を建てるのはやりすぎよ。それに、今日は牛じゃ無くてこれを渡しに来たの」

持ってきた日記帳をヴィクターに見せつけるように渡す。

四方をフリルで囲われた派手な日記帳だ。ピンクを基調としており小さなリボンもついていて、これでもかと可愛さをアピールしている。

それを手渡せば、ヴィクターが意外そうな表情で日記帳を眺めだした。

「これは……、僕が使うのか？」

「私達で使うの。交換日記をしようと思って」

「交換日記？」

話の流れが分からないのか、フルールの話を聞いてもヴィクターはどことなく不思議そうにしている。

紺碧の瞳は可愛らしい日記帳とフルールを交互に見て、試しにと中を捲る。一枚目が綴られている事に気付いて小さくフルールの名前を呟いた。そこに書いてあった名前を読んだのだろう。

「僕とフルールが？」

「そうよ。……嫌だった？」

ヴィクターが交換日記を嫌がるとは思えない。……が、今の彼はクリスティーナ王女の件があり随分と多忙だ。日記帳の可愛さで困らせるだのといった問題を通り越し、単純に彼の負担になってしまうのではないか。

そう考えてフルールが問うも、ヴィクターは次第に紺碧の瞳を輝かせ、ついには「嫌なものか」とはっきりと口にしてくれた。

「フルールと文字でもやりとり出来るなんて嬉しくて堪らないよ。この日記帳もそのために選んでくれたんだろう」

「そうだけど……、可愛すぎる日記帳じゃない？　ちょっとは恥ずかしくならない？」

「僕との交換日記のために選んでくれたんだ、恥ずかしいなんて思わないさ。フルールみたいに可愛らしい日記帳だ」

日記帳を手にするヴィクターは随分とご機嫌で、恥じらっている様子も困惑している様子もない。

　これにはフルールも思わず目をぱちくりと瞬かせてしまった。

　当初の企みでは、この可愛らしさいっぱいの日記帳でヴィクターを困らせるつもりだった。もしも「これはちょっと……」とでも言い出そうものなら「私の選んだ日記帳が気に入らないの？」と詰め寄る気でもいたのだ。代替え案を拒否するために一ページ目を既に書き込んでおいた。

　だというのにヴィクターは日記帳を一目で気に入ってしまったではないか。

　これは完全なる作戦失敗。

……なのだが、実は悪い気はしていない。むしろ彼が交換日記に前向きなのは嬉しくもあった。

「そんなに喜んでくれるなら、次はリボンのついたペンを用意するわね。本当は日記帳と一緒に買おうと思ったんだけど、絵本を読んでいたら紙で指を切っちゃって、ペンの事は忘れてたの」

「指を……。大丈夫かい？」

「ほんの少しだし、もう傷痕も無いわ。この前の公園の時と言い、なんだか小さな傷を負う事が多いのよね。私、自分ではしっかりもので慎重な性格だと思ってたけど、もしかしたら少しだけおっちょこちょいなのかしら」

「……そうか」

「そんなに心配しないで。これからはもっと慎重になるわ」

まるで自分が怪我をしたかのように声を落とすヴィクターを、逆にフルールが案じて宥めてしまう。

そうして彼に会えなかった間の事を話そうとし……、ふと聞こえてきた馬車の音に振り返った。豪華な馬車が一台、颯爽と現れるやリデット家の門の前に停まった。フレッシェント家の馬車と並ぶとその差が顕著だ。

馬車の造り、細部にあしらわれた装飾品、風を受けて揺らめく飾り。素人目でも高価な馬車だと分かる。

そんな馬車の客車の扉がゆっくりと開かれ、ヒールの高い靴を履いた細い足が現れた。

「ヴィクター様！」

弾むような高い声。

声と共に現れたのは、金色のウェーブの掛かった髪を揺らす女性。腰元で膨らんだドレスは豪華で、彼女の動きに合わせて布が輝いて見える。

クリスティーナ・クレアン。

彼女はヴィクターしか見えていないと言いたげに彼の元へと近付くと、まるでそこが元より決まっていた居場所かのように隣に立った。身を寄せて、腕を絡めて。

「ヴィクター様、ごきげんよう」

「……クリスティーナ王女、どうしてここに」

「この後お時間があるとお聞きしまして、私、急いで駆け付けたんです。ヴィクター様と少しでもお話をしたくて。……あら」

ここでようやくクリスティーナがフルールへと視線を向けてきた。まるで今まで眼中になかったとでも言いたげな態度は失礼でしかないが、フルールはそれを指摘出来る身分ではない。

むしろ先日の件を思い出せばヴィクターがクリスティーナを咎め出しかねない。そう考え、フルールはヴィクターが何かを発する前にと恭しく頭を下げて挨拶を告げた。

一国の王女に対しての敬意を示す挨拶。だというのにそれを受けたクリスティーナは今回もまた碌な返事もせず、早々にヴィクターへと向き直ってしまった。依然として彼にぴったりと寄り添い、まるで連れ立つ恋人同士のように腕を取りながら。

「ねぇヴィクター様、先日お借りした魔法に関する書物、とても興味深かったの。いくつか私も使えるようになったからご覧になってくださいません？」

「悪いが今僕はフルールと話をしているんだ。クリスティーナ王女とは朝に話をしているしその時にも魔法を見た、それで十分だろう」

「あら、ですがこの後、学者がいらっしゃるのよね？　私の魔法を調べたいとも仰ってましたし一緒に話が出来れば喜びますわ」

「学者が来るにはまだ時間がある。それに、クリスティーナ王女だって外交の予定があると話していただろう」

「外交は宰相に頼んだからご心配いりません。私は外交ではなくヴィクター様と魔法の研究をするためにこの国に来たんですもの。ですから、さぁ参りましょう。中に案内してくださいませ」

ヴィクターはクリスティーナを避けようとするも、彼が何を言ってもクリスティーナはそれさえも遮って己の話を進めてしまう。

フルールに対してはもちろんだが、もはやヴィクターの事情すらもお構いなしと言いたげだ。彼を見て、彼の名前を呼んで、彼に話しかけているというのに、肝心の彼からの返事には応えようとしない。

この強引さを前にフルールもたじろぐしかなく、気圧されるように一歩後退った。脳裏に、先日のパーティーで向けられた視線が過る。『空気を読め』『この場は引いてくれ』と、そんな言葉にせずともフルールに辞退を求めてくる視線だ。

「わ、私……、今日は失礼します」

「フルール、僕はまだ話が」

「今日はもともと用事があったわけじゃないし。またね、ヴィクター。クリスティーナ王女、失礼いたします……」

ヴィクターの言葉を最後まで聞けず、フルールは遮るように別れの言葉を告げた。

自分に向けられる話を遮って、一方的に自分の事情を訴える。これではクリスティーナと同じではないか。

そう考えるとなんとも言えない気持ちが胸に沸き上がり、フルールは踵を返してフレッシェント家の馬車へと戻っていった。

まるで格の差を見せつけるようにクリスティーナが乗ってきた馬車が並んでいる。フレッシェント家の馬車とて仮にも貴族の乗る馬車なのだから世間的には豪華な方に入るのだが、やはり王族の馬車とは比べられない。この違いもまたフルールの気後れを増させた。

そうしてリデット邸を出てしばらくして、馬車が緩やかに速度を落とした。

いったい何かと疑問を抱いて窓を見れば、一人の男性が馬に乗って並走している。身形の良い服装、乗っている馬も馬具も立派なものだ。

彼がじっとこちらを見ているのに気付いて、フルールは窓を開けて身を寄せた。

「どなたでしょうか？」

「クレアン国のマチアスと申します」

「マチアス様？　お待ちください、今馬車を止めます」

「いえ、このままで結構です。御者にも伝えてありますので」

だから大丈夫だとマチアスが馬を並走させながら告げてくる。どうやら用件は手短で済むようだ。

マチアスはクレアン国で宰相の職に就いており、今はクリスティーナの側近として彼女の外交を補佐している。もっとも、クリスティーナは外交そっちのけでヴィクターを追い回しているため、本来は補佐であるはずのマチアスが殆どを担っているという。先程クリスティーナ本人の口から「外交は宰相に頼んだ」と聞いたばかりだ。

当のマチアスは知的な印象を与える男性で、年は三十代前半だろうか。丁寧な口調と真摯な態度でクリスティーナの非礼を詫びてきた。

「先程リデット家の使いから事情をお伺いしました。申し訳ありません。クリスティーナ様はこうと決めたら譲らない方で……」

「いえ、マチアス様が謝る事ではありません。それに私も今日は連絡せず訪問したのでクリスティーナ王女と同じですから」

「そう仰っていただけると助かります。では、私はここで失礼いたします」

「わざわざありがとうございます」

どうやら主人であるクリスティーナの非礼を詫びるためだけに追いかけてきてくれたよ

うだ。それに感謝を示せば、マチアスが軽く頭を下げ、ゆっくりと馬の速度を落としていった。

次第に彼と馬車との距離が広がっていき、その姿が見えなくなる。

「わざわざ来てくれるなんて丁寧な方ね」

窓から離れて改めて座り直し、向かいに座るシャレルとルドに話しかける。

ルドはフルールの言葉に同意を示したが、シャレルだけは何か気になるのか窓の外をずっと眺めていた。


真っすぐ家に帰る気にはならず、途中にある公園で馬車を止めて貰った。

以前にヴィクターと過ごした公園だ。彼と並んで座ったベンチに腰掛ければ、案じたのだろうシャレルが隣に座ってくれた。

「申し訳ありません。この時間ならヴィクター様とお二人で話せると思ったのですが……」

「謝らないで。クリスティーナ王女がヴィクターの事を調べていたんでしょう？　ひとの予定なんてどれだけ隠そうともどこかから漏れるものよ。私が一番分かってるんだから」

冗談めかして話せば、シャレルが困ったように眉尻を下げた。

ルドが何か飲み物を買ってくると去っていく。隣に座るシャレルの行動が気遣いなら、こうやって落ち着く時間を作ってくれるルドの行動もまた優しさだ。

二人を連れて来て良かった……、とフルールは心の中で呟いた。

もしも一人だったなら公園に来ようとも思わなかっただろう。一人で部屋に戻り、リボンタイを眺めながらぼんやりと過ごし、溜息を吐いては窓の外を眺める……。そんな自分の姿を想像してしまう。

「私、今まで逃げてばっかりで、ヴィクターの気持ちをちゃんと考えてなかったわ。今までの彼の事を真似て困らせようとしても、それだって自分の考えを優先してた」

「……お嬢様」

「でもヴィクターだって悪いのよ！　ヴィクターだって私の気持ちなんて汲んでくれなかったもの。お互い様だわ！」

一気に不満が沸き上がり、フルールは何も無い場所を蹴るようにぶんと片足を上げた。

貴族の令嬢としてははしたない行動だが、今はそれを気にしている場合ではない。それに見ているのはシャレルだけなのだ、仮にここでフルールが片足どころか怒りに任せて木を殴っても彼女ならば黙っていてくれるだろう。もしもルドが戻ってきて目撃されても、彼だって気持ちを汲んでくれるはずだ。手を心配して応急セットを取り出しそうだが。

そうして怒りを蹴りに乗せて一度発散させ、それだけでは足りないと今までのヴィクターの強引さを挙げていく。

外出の度に屋敷の前で待ち伏せされ、当然のように同行する流れになった。プレゼントをあの手この手で受け取らされ、パーティーの場では他の男性が声を掛けるのを気後れしてしまうほどに常に寄り添って……。

「ヴィクターってば何もかも強引なのよ。だから私ずっとヴィクターから逃げようとして……。逃げようとしてばっかりだったわ」

怒りを発散しきったからか、次第に落ち着きを取り戻していく。

そうして最後に一度深く息を吐いた。

「……お互い様だから、私達ずっと擦れ違ってたの。自分の気持ちに必死になってばかりじゃ駄目ね。ちゃんと相手の事も考えて歩み寄らないと。……私も、ヴィクターも。クリスティーナ王女もね」

「あれはちょっと酷すぎます」

シャレルの眉間に皺が寄る。それに対してフルールは肩を竦めて返すだけに止めた。

確かにクリスティーナの行動は露骨だった。相手が一国の王女なだけに口には出来ないが、さすがにフルールもあれはどうかと思う。

……思うが、程度の差はあれども自分もクリスティーナと同じだった。もちろんヴィクターもだ。

逃げたり、伝えようと積極的になったり、一方的になったり。みんな自分の気持ちに必死で、相手の気持ちを考えていなかった。

「ヴィクターときちんと話し合いたい。今まで逃げていた事をちゃんと話して、それで……、彼にも私の気持ちを考えて欲しいの」

そのためにはもう一度ヴィクターと話さなければ。それもクリスティーナや他の人がいない場所で、出来れば落ち着いて。

だが今のヴィクターの状況ではそれも難しいだろう。

少なくともフルールだけではどうにも出来ない問題だ。……だけど、

「……シャレル、協力してくれる？」

「もちろんです。お嬢様の望む時間を作る、それも侍女の当然の嗜みですから」

「そうなの？　侍女ってやっぱり凄いのね」

シャレルが協力してくれると分かれば、フルールの胸にも安堵が湧く。「お任せください」という彼女の言葉のなんと心強い事か。

そうとなれば、ヴィクターと話す時までに伝える内容を考えておかないと。もちろん一方的に伝えるのではなく、きちんと彼の話も聞いて。そのためにもやはり話す内容を決めておいた方が良いだろう。

そう考えるのとほぼ同時に、穏やかに微笑んでフルールを見つめていたシャレルが何かに気付いたのかバッと勢いよく背後を振り返った。

「ど、どうしたの……？」

先程まで穏やかだったシャレルが、今は険しい表情で背後を見つめている。じっと目を見開き一点を見つめる、まるで警戒する猫のようだ。

木々が生い茂る一角。そこに何があるのか。

「今、なにか人の気配が……」

「気配？　公園だもの、人の気配で溢れているでしょ？」

昼間の公園。木々が生い茂る背後にこそ人はいないが、他の場所は人で溢れている。

遊び回る子ども、それを見守る大人。犬の散歩をする者もいる。等間隔に置かれたベンチは半数以上が埋まっており、まだ時間も早いのでこれから更に人が増えるだろう。遠くには食べ物を売るキッチンカーも見え、簡易的に包まれた料理を手にどこで食べようかと話すカップルの姿もある。

これでは気配どころではない。

そうフルールが話せば、シャレルも落ち着いたのだろう、納得したと言いたげに表情をいつものものに戻した。

3

その日の夜会はリデット家が主催する大規模なものだった。

当然だがクリスティーナも招待されている。いかにヴィクターが煙たがっていようと一国の王女を蔑ろにするわけにはいかないのだ。もちろん今回もヴィクターは彼女をエスコートする事になっており、ぴったりと寄り添うクリスティーナの顔には得意げな色さえ浮かんでいた。

パーティーが進んでダンスが始まっても変わらず、誰一人ヴィクターを誘わせまいと彼の隣を頑なに譲らない。繰り返し踊るように何度もヴィクターを誘い、彼が疲れたからと断ってもならば共に休もうと追い回す。

明らかなクリスティーナの独占欲を前に、女性はおろか男性さえもヴィクターに声を掛けられずにいた。

それはフルールも同様で、遠巻きに二人を眺めながら何も出来ず、時間が過ぎるのをじれったく思っていた。

かといって声を掛けようと近付けば気付いたクリスティーナが冷ややかな視線を向けてくる。彼女から何か言い渡されているのか、時にはクレアン国の者達が自然を装ってフルールに話しかけてきたり、二人を別の場所へと案内してしまう。

妨害とさえ言える分かりやすい行動。今まで感じた事のない明確な悪意を前にすると怖気づいてしまう。なにより、ここで無理を通してヴィクターに近付いてクリスティーナの気分を害すれば国家間の外交に支障をきたしかねないのだ。仮にも相手は一国の王女、それも噂では、クリスティーナは両親である両陛下や兄王子達からたいそう大事にされていると聞く。

「……あれは男爵令嬢じゃ太刀打ちできないわね」

得意げに踊るクリスティーナと、冷めた表情で相手をするヴィクター。そんな二人を眺めつつフルールは溜息交じりに呟いた。

つい先程、二人の会話が終わったタイミングで声を掛けようとしたのだが、それを察したクリスティーナに邪魔をされたばかりである。彼女はフルールが近付いてくるのに気付くやヴィクターの腕を取り、もう一曲と彼をダンスの場に誘い出してしまったのだ。クリスティーナの表情が勝ち誇って見えるのは気のせいではないだろう。

「一国の王女でありながらあのような態度……。ご迷惑をおかけして申し訳ありません」

隣から声を掛けられ、フルールは驚くようにそちらへと向いた。

マチアスだ。彼は参ったと言いたげな表情を浮かべ、輪の中央で踊るクリスティーナ達を見つめている。

彼の登場に、フルールはしまったと慌てて口を押さえて己の迂闊さを悔やんだ。音楽に掻き消されて誰にも聞かれないと思ってぼやいたつもりだったが、マチアスには届いてしまったのだろう。

一介の男爵令嬢が一国の王女に対しての不満を口にする。それも周囲に人がいる公の場で。これは下手をすればフレッシェント家の評判を落としかねない……。

「あ、あの、今のはべつにクリスティーナ王女に悪意があったわけでは……！」

「気になさらないでください。フルール様が参ってしまうのも無理はありません。むしろこちらが謝罪をすべき立場です」

「そんな……、マチアス様が気に病む事ではありません」

溜息を吐くマチアスをフルールが宥める。もっとも『気に病む事ではない』とフォローを入れはしたが、彼の心労がそれで晴れるわけがない。

なにせそれほどまでにクリスティーナの態度は酷いのだ。今もまたヴィクターに声を掛けようとしている女性を遮って彼を独占し、挙げ句に己の配下で囲んで近寄らせないようにしている。あれでは玩具を独占しようとする子どもの方がマシだ。

その光景を前にマチアスが再び溜息を吐いた。刻一刻と彼の疲労が溜まっていくのが空気と溜息の深さで分かり、これにはフルールも苦笑いを浮かべるしかない。

「クリスティーナ王女は自分の気持ちに正直な方なんですね」

「自分の気持ちに正直……、ですか。良く言えばそうも言えますが、私からしたら甘やかされた結果な気もしますがね」

言葉を選びに選んで話すフルールに対して、マチアスの言い分は随分と辛辣だ。

だがそれも仕方あるまい。宰相という役割、補佐とは銘打っているものの外交を殆ど丸投げされている実情、なによりクリスティーナの我が儘や非礼をフォローして回る心労。

そういったものが彼に伸し掛かり、その結果、辛辣な言葉選びになってしまったのだ。

だがどれだけ困らされていても公の場で主人への不満を口にして良いわけがない。本人もそれが分かっているのだろう、フルールの視線に気付くとわざとらしく口元に手を添えた。まるで己の失態を悔いる先程のフルールのように。

「お互いにこの場の発言はご内密に」

苦笑交じりに囁くような声で告げてくるのは、自分の辛辣な発言への口封じか、それとも失言したフルールを気遣ってお互い様に持ち込もうという気遣いか。

どちらにせよフルールには断る理由はない。苦笑と共に了承し、次の謝罪相手のもとへと向かうマチアスを心の中で労いながら見送った。

そうしてパーティーが進む中、相変わらずヴィクターにぴったりと寄り添っていたクリスティーナに一人の男性が話し掛けた。

リデット家とも懇意にしている家の者で、外交に力を入れている家なだけあってかクリスティーナと話を続けようと必死だ。これを機にと次から次へと彼女に、それどころか彼女が連れている配下にさえも声を掛ける者が出始める。見れば謝罪をして回っていたマチアスさえも捕まっていた。

最初こそヴィクターとの会話に割って入られたと不満そうにしていたクリスティーナだったが、周囲から褒めそやされて満更でもないようだ。輪の中心に立ち、ご満悦で賛辞を受け取っている。

……自分の隣に立っていたヴィクターが、いつの間にか居なくなっている事に気付かず。

そんなクリスティーナを横目に、フルールは気付かれないようこそりとパーティー会場を後にした。

そうして会場を抜ければ、その先で待ち構えていたのはルドだ。フルールが首尾よく脱出できた事に安堵の表情を浮かべ「こちらです」と案内してくる。

リデット家の屋敷の奥へと。

進むにつれて次第にパーティーの華やかさは薄れ、逆に裏方ゆえの慌ただしさが濃くなっていく。

本来ならば来賓が立ち入ってはいけない場所だ。だが屋敷内の者達と擦れ違っても誰もフルール達を止めようとしないあたり、事前に話が行き届いているのだろう。

「ヴィクターと話がしたいって急に言い出しちゃったけど、迷惑じゃなかったかしら」

「大丈夫でしょう。あの二人、苦でも無いという表情で事を進めていましたし」

不安を抱いてフルールが問えば、ルドが肩を竦めながらも気にする必要は無いと言い切った。

彼の言う『あの二人』とは、シャレルとカティスのことだ。

彼等はフルールの希望を知るとすぐさまパーティーのタイムスケジュールを調整しだしたという。それも音楽やダンスの時間といったスケジュールではない。誰がいつ来るか、どう移動するか、挙げ句に誰と誰がどこでどれほど話し込むか……。

それは緻密だのといった言葉では表せないほどの細かさで、もはや予測を通り越して未来予知の域だ。最初に話を聞いたルドは「そんなにうまく運ぶものか」と一刀両断したという。

……だが、

「恐ろしいほどに二人がたてた予測の通りに進んでいますよ。クリスティーナ王女が囲まれてヴィクター様とフルールお嬢様から意識をそらすのも時間ピッタリ、二人が話していた通りです」

「さすが侍女と執事……！　これも嗜みなのね！」

「あれはもう侍女と執事の領域じゃありません。でもそのおかげでフルールお嬢様の希望が叶うなら、俺はもう何も言わない事にしました」

深く言及するまいと決めたのか、ルドの声には達観の色が漂っている。

それが面白くフルールが思わず小さく笑えば、ルドがなんとも言えない苦笑を浮かべ、一室の前で足を止めた。

プレートの掛かっていない扉。リデット家の客室の一つで、フルールも以前に何度か通された事がある。

「どれだけあの二人の行動が突飛だろうと指摘するのは今更です。なにより、お嬢様のためになるのなら何も言わないのが一番だと考えたんです」

「……ルド、ありがとう」

「あまり長く時間は取れないので『どうぞお二人でごゆっくり』とは言えませんが」

穏やかに微笑み、ルドが扉のノブに手を掛けてゆっくりと開けた。

彼に促され、フルールは誘われるように室内へと入り……、「ヴィクター」と室内で待つ青年の名を呼んだ。

「フルール！」

ソファに座っていたヴィクターが立ち上がり、それだけでは足りないと駆け寄ってくる。

それとほぼ同時に、フルールの背後でカチャンと扉が閉まる音が聞こえてきた。ルドが閉めたのだ。彼は入ってきていない。

二人きりだ。

久しぶりに……、と考えるとフルールの胸になんとも言えない感覚が湧いた。

少しの緊張と、ようやく彼と落ち着いて話が出来るという嬉しさ。碌に話せなかったとはいえ一ヵ月程度なのに懐かしさすら感じてしまう。

そんな胸の内を抑えつつひとまずヴィクターを落ち着かせ、向かい合うようにソファに腰を下ろした。

「なんだかこうやって座って話すのは久しぶりな気がするわね」

「そうだね。いつも邪魔が入ってしまって……。すまない、本当なら僕が話をする場を作るべきなのに」

「ヴィクターが謝る必要は無いわ。それに、今日は私が話したい事があって貴方を呼んだの。あのね、私……」

言いかけ、フルールは一瞬言葉を詰まらせた。今更ながらに緊張が募る。

だが今でこそ落ち着いて話をしていられるが、いつクリスティーナ達が邪魔をしに来るか分からない。

きっと彼女はヴィクターが居ないと気付くや彼を呼んで捜し回るだろう。更にはフルールの姿まで見当たらないとなれば尚更だ、部下達に命じて総出で捜させる可能性もある。

ルドが言っていた通り、二人でゆっくりとは言っていられないのだ。

ならばここに至るまでの話や、どちらが望んでいただのと話すのは後だ。それより先に本題に入らなくては。緊張している場合ではない。

そう考え、フルールはじっとヴィクターを見つめ……、「あの!」と声をあげた。少し声量が大きくなってしまったのは決意の表れだ。

「ヴィクター、私あなたの気持ちをちゃんと考えてなかった。だからこれからはちゃんと考えたい」

「フルール……」

「でもヴィクターだって悪いのよ。私の気持ちを考えずにぐいぐい来るんだもの。……だから私達、落ち着いて話し合う時間が必要だと思ったの。手を握ったり、手の甲に……、キ、キスをしたりとか、そういうのが出来ない距離で」

今向かい合って座っているソファの間には、大きめのローテーブルが一つ設けられている。これならばヴィクターが手を伸ばしてもフルールの手を取ることは出来ないだろう。

冗談交じりに「届かないでしょ?」とフルールが片手を軽く掲げて見せれば、ヴィクターも穏やかに笑って片手を伸ばしてきた。

彼の手はローテーブルに阻まれてフルールまでは届かない。だが「本当だ」と笑う彼の声には惜しむ色は無く、むしろ今は届かない事が心地好さそうだ。

「そうだね。……僕もフルールの気持ちを考えていなかった」

「そうよ。むしろヴィクターの方が酷いのよ。何度貴方の前で魔法を使わされたか……!」

「フルールの事が好きで、好きすぎるから必死だったんだよ」

「またそうやって恥ずかしい事を言う……。そもそも、必死って言うけど、どうしてそんなに私の事が……、す、好き……なの？」

問いながらも己の頬が熱を持つのが分かる。

恋愛の話はどうにも恥ずかしくなってしまう。それが自分の、しかも「どうしてそんなに私の事が好きなの？」という質問ともなれば恥ずかしいどころではない。鼓動が速まり今すぐに魔法で消えてしまいそうだが、さすがにそれは駄目だと己を律するようにぐっと堪えた。

深く深呼吸をして、内側から湧き上がりつつある羞恥心と魔力をなんとか抑える。

そうしてヴィクターへと視線をやる……、のは恥ずかしくて出来ず、顔を伏せながらちらと上目遣いで彼の様子を窺った。

彼は穏やかな笑みを浮かべている。紺碧の瞳はフルールをじっと見つめているが、それでいてどこか過去を懐かしむような色合いがあった。

「僕と初めて出会った日の事を覚えてるかい？」

「初めて……、リデット家でお茶会が開かれた時よね？　確か私が五歳で、ヴィクターは八歳」

記憶を思い返しながらフルールが話せば、ヴィクターが嬉しそうに首肯した。

「あの時の僕は自分に自信が無かったんだ。むしろ自分の事が嫌いだった」

「自信が無いって、だってあの時すでにヴィクターは周囲から褒められてたじゃない。私、貴方と会う前から『ヴィクター・リデットという神童がいる』って聞いてたわ。神童っていうのが何かよく分かってなかったけど」

「そういえばそんな風にも言われてたね。……ただ、それが重くて、それしかない自分が嫌だったんだ」

小さく溜息を吐き、ヴィクターが「あの時は……」と話し出した。

幼い頃のヴィクター・リデットは己に自信が無く、むしろ己の事を嫌悪していた。

周囲は自分の才能や魔力量ついてを話すばかりで、公爵家の将来は安泰だの、国に貢献や研究に協力だのと勝手に将来を決めて盛り上がる。中には自家の息子と比較して嫉妬する者まで出る始末。

そこにヴィクターの意思は反映されず、話も期待も当人を置いて膨らんでいく。

彼等はみなヴィクターについて話しつつ、それでいて、輪に入れず俯く幼い少年の事は見ていなかったのだ。

誰も自分を見ていない。

そのくせ、自分の才能には期待を寄せる。

彼等が話す『ヴィクター・リデット』がまるで自分ではない別の誰かのようで、そんな『ヴィクター・リデット』ごと、何もかもが気持ち悪くて仕方がなかった。

そんなある日の茶会。ヴィクターは一人屋敷の裏手に居た。

茶会に顔を出さなくては失礼になる。友人達とも話をしたい。……だけどどうしても彼等の前に出る気にはなれなかった。

顔を見せれば大人達はきっといつもの話題で盛り上がるだろう。勝手にヴィクターの将来に想いを馳せ、国に貢献だの繁栄だのと期待を抱く。友人達はヴィクターに対して羨望の視線を隠しもせず、中には堂々と「ヴィクター様が羨ましい」だの「自分にもそんな才能があれば」だのと言ってくる。

普段ならば当たり障りなく躱せるそれらが今日はどうしても耐え切れず、適当な理由をつけて裏庭に来てしまったのだ。何も無いこの場所は誰も来ず、だからこそ落ち着ける。

……そう思っていたのだが。

「あなた……、ヴィクターさま？」

聞こえてきた声に、積まれていた箱に腰掛けていたヴィクターは驚いて顔を上げた。

見れば幼い少女がこちらに歩いてくる。年は自分よりいくつか年下だろうか。赤い髪をふわりと揺らした可愛らしい少女だ。くりっとした目元、赤い瞳は明るい場所だと輝いて見える。ちょこちょこと歩くたびにワンピースに飾られた大きなリボンがまるで羽のようにひらひらと揺れている。

「……きみは？」

「フルール・フレッシェントともうします」

はきはきとした口調で少女が名乗った。

フレッシェント家はリデット家と代々懇意にしている男爵家だ。ヴィクターも幼い頃は夫妻から可愛がられていたと聞くが、さすがに二歳・三歳の頃の話なので覚えていない。その後夫妻は住まいを避暑地に移し、一人娘が誕生、体の弱い娘のためにしばらく避暑地での療養生活を送っていた。

幸い娘の体調も成長と共に安定し、つい先月、住まいを王都に戻したという。

どうやら目の前の少女がそのフレッシェント家の一人娘らしい。

「きみがフルール……」

「はい。フルールです。ヴィクターさま、本日は、おまねきありがとうございます」

覚えたてなのだろうぎこちない挨拶の言葉を口にし、フルールが頭を下げる。幼いゆえにたどたどしく、そして幼いながらも心を込めているのが分かる挨拶だ。

それに対してヴィクターもまた箱から降りて頭を下げた。「ご丁寧に……」と返す自分の言葉もまたぎこちなく、なんだか少し面白い。

そうして挨拶を終えれば、フルールは先程までの上品さもどこへやら、ヴィクターが座っていた箱にぴょんと跳ねるように座った。つられるようにヴィクターも彼女の隣に座り直す。

「僕を呼びに来たんじゃなかったのかい?」

「いいえ。お花をつみに行ってもどってきたら、ここに来たんです」

「それはもしかして迷子って言うんじゃないかな」

茶会に連れ戻すべきか……。そうヴィクターが考えるのとほぼ同時に、建物の陰から一人のメイドが顔を出した。

どうやらフルールを捜しに来ていたようで、メイドの顔がほっとした安堵のものに変わる。ヴィクターが軽く片手をあげれば察してくれたのか恭しく頭を下げて去っていった。きっと茶会にいるフルールの親に伝えてくれるだろう。

まさか自分が捜されているとは思っていないのか、フルールはそんなヴィクターとメイドのやりとりにも気付かず話を続けた。

「ヴィクターさまはここで何をなさっていたんですか?」

「僕は……、べつに。なにも。ただ向こうには行きたくなかったんだ」

「どうして? お茶会にはおともだちもいるし、おいしいおかしもいっぱいありますよ?」

不思議そうにフルールが首を傾げる。コテンと音がしそうなその動きは愛らしく、ヴィクターは小さく笑ってしまった。

だがすぐさまその笑みは消え、代わりに溜息が漏れる。

「色々と褒められるのが嫌なんだ」

「ほめられるのが嫌？　どうして？　私、ほめられるとうれしくなります。おべんきょうができた時とか、ご飯をぜんぶ食べられた時とか、今日の朝はこのワンピースがかわいいってほめてもらいました。それに魔法も」

「魔法？」

フルールが口にした言葉に、ヴィクターは改めて彼女を見た。

「そうか……。確か、きみも魔法を使えるんだよな」

「はい。私のおへやにかえる魔法です」

「転移できるのか、凄いな。他には？」

「それだけです！」

褒められている時の事を思い出してかフルールは嬉しそうに、少し得意げに、はっきりと断言した。

自室に帰る魔法しか使えない。力強ささえ感じかねない断言ぶりだ。

そのうえ、自分の意思で発動させられるわけでもないというのに。

困りはしないのかとヴィクターが問えば、フルールも思うところはあるのだろう、「たしかに困りますが……」と言葉を濁した。だがそれも一瞬の事で、次の瞬間には再び表情を明るくさせ「すごいって言われるから良いんです！」と返してきた。相変わらず力強い断言だ。

「お父様もお母様も、みんな、魔法が使えるのはすごいってほめてくれます」

「それはそうだけど……。でも、魔力量も魔法の才能も、生まれながらに持っているものだ。僕はそれを褒められても嬉しいとは思えない」

胸の内に言いようのない感情が溜まり、ヴィクターは堪えるように膝の上に乗せた手で拳をつくった。

手の中で自分の爪が肌に食い込み指先が痺れるが、それでも感情の靄は増える一方で、やり場のない思いを込めるように更に強く拳を握る。自分の手が小さく震えるのが見える。そんな己の手に、小さく白い手が被さった。強張った己の手を覆うようにそっと触れてくる。

フルールの手だ。

驚いてヴィクターが彼女を見れば、幼い少女は眉尻を下げた切なげな表情で「ヴィクターさま」と細い声で名前を呼んできた。

「私、むずかしいことはよく分かりませんが、ヴィクターさまは魔法をほめられるのが嫌なんですか？」

「嫌というか……、なんだか僕のことだけど僕のことじゃない気がして……」

「それなら、なにか他にほめて欲しいことがあるんですか？」

「他に……」

問われ、ヴィクターは膝の上に置いた己の手に視線を落とした。

フルールの小さな両手が包み込むように上に置かれている。自分の手だってまだ小さく子どものものだが、フルールの手はそれより一回り以上小さい。

白く細く、小さい、それでも温かい手だ。

その手のぬくもりに促されるように、ヴィクターはゆっくりと口を開いた。

「頑張ってるって、褒めて欲しいんだ……。勉強も、運動も、僕は頑張ってるのに……」

大人達も友人達も、みな口々にヴィクターの才能を褒める。優れている、天才だ、神童、これで公爵家の将来は安泰だ。……と。

そこにヴィクターの努力があるとは考えず。まるでヴィクターが苦もせず何もかも持って生まれてきたかのように。

家庭教師が来る前に予習をしている事も、家庭教師が帰った後にも復習を欠かさぬ事も、難しい本を理解しようと辞書と並べて読んでいる事も。乗馬も運動も、失敗を何度も繰り返して時には転んで、それでも諦めずに立ち上がり、数え切れぬほど挑み続けてようやく出来るようになったのに。

周囲の期待に応えるためにやっている事すべてが無かったものとされ、『才能』だの『優秀』だのという言葉で片付けられてしまう。

それが嫌だった。

そうヴィクターが呟けば、自分の手を覆っていたフルールの手に力が入った。

小さな手が強く自分の手を握ってくれる。

「ヴィクターさま、それはみんなに言いましたか？」

「……言ってはいない、けど。こんなこと言えるわけがない」

「どうしてですか？　私、ほめてほしい時はちゃんと言います。それに、私にほめてほしい人がいるならちゃんと言ってほしい」

「褒めて欲しい人に？」

「はい。だってちゃんと言ってくれないと分からないし、分かってあげられないもの」

じっと見上げて告げてくるフルールの言葉に、ヴィクターは目を丸くさせた。

言わないと分からない、分かってあげられない。

彼女の言う言葉はもっともであり単純だ。……それなのに今まで気付きもしなかった。

「そう、だね……」

ヴィクターがポツリと呟くように返せば、フルールが伝わったと察して嬉しそうに笑って頷く。

その表情は愛らしく、眩く、ヴィクターは彼女の言葉で視界が開けるのを感じ、同時にフルールが輝いて見えた。

「あの後、両親や親戚にきちんと自分の胸の内を伝えたんだ。みんな理解してくれたよ」

過去を語るヴィクターの声色は思い悩むような色ではなく、むしろ懐かしく愛おしい記憶だと言いたげな穏やかなものだ。幼い頃の悩みは晴れ、そして今は良き思い出の一つとなっているのだろう。

そんな感情に後押しされるかのようにヴィクターがフルールを呼んだ。じっと真っすぐに見つめてくる。

「僕の話を聞いて、想いを伝える事の大切さを教えてくれた。フルールの言葉でどれだけ救われたか……。あの時からずっとフルールの事が好きなんだ」

胸の内の想いを語るヴィクターの声は普段の愛を囁く時よりも落ち着いており、それでいて普段よりも熱を感じさせる。

聞いているフルールにもその熱が伝わり……、そして伝わると同時に胸を高鳴らせた。緊張している時の鼓動の速さとは違う。彼に迫られて心臓が痛いくらいに心音を鳴らす時とも違う。穏やかに、それでいて体の中で心地好く響く。

「ちゃんと言わないと分からない……。小さい頃の私はヴィクターにそんな話をしたのね」

当時のフルールはまだ五歳、会話の内容は殆ど覚えていない。ただ茶会でヴィクターと出会った事だけは覚えていた。母からは「戻ってきたと思ったら彼と手を繋いでいて、いつの間に仲良くなったのかと驚いたわ」と何度か聞いてもいる。

その日以降、ヴィクターは何かとフルールに会いに来るようになり、次第に積極性が増していき、そして二年後のパーティーでプロポーズをしてきたのだ。思い返せば、姿を消す魔法を彼の目の前で初めて発動させたのもあのプロポーズの時だった。

それを話せばヴィクターが苦笑を浮かべた。「話に聞いていた通りの消えっぷりだと思ったよ」と冗談めかして告げてくる。

「初めて出会ったあの時から、僕にはフルールだけだ」

改めるように、そして伝わる事を願うように、ヴィクターが真っすぐに見つめて告げてくる。

彼の言葉にフルールは己の鼓動を抑えるように胸元に手を添えた。今夜もリボンタイではなくブローチを着けており、指先にカツンと金具が触れた。

恥ずかしい、緊張する。高鳴りが増していく。魔法が発動しそうになるが、ここで消えるわけにはいかないと胸に添えた手に力を入れた。

ちゃんと自分の気持ちを伝えなくては。

ヴィクターに分かってもらうために。そして彼のことをもっと分かりたいから。

なにより、お互いに分かり合って、これから距離を縮めていくために……。

「ヴィクター、あのね、私……、っ！」

言いかけ、だが次の瞬間、フルールは聞こえてきた大きな話し声に体を震わせた。

先程までの高鳴りとは違い、今は驚愕で心臓が跳ね上がる。

反射的に扉の方を振り返れば、それとほぼ同時に勢いよく扉が開かれた。

「ヴィクター様、こちらにいらっしゃったのね！」

ノックもせずに入ってきたのはクリスティーナだ。

彼女の背後には数人の部下。そしてシャレル達の姿もある。シャレルとカティスは悔しげな色を隠し切れずに顔を顰め、そしてルドは困惑しているあたり、クリスティーナを止めようとして止めきれなかったのか。

「クリスティーナ王女……」

突然の彼女の登場に、フルールはどうしていいのか分からず名前を口にするしかない。

そんなフルールに対してクリスティーナは厳しい視線を向けてきた。怒りも露わに、敵意とさえ言える鋭さだ。

「ヴィクター様は私をエスコートしてくださっているのよ。それなのに、いくら幼馴染といっても勝手に連れだして一室で密会なんて、品が無いんじゃないかしら？」

「それは……、申し訳ありません、彼と落ち着いて話がしたくて」

「僕がフルールと話がしたくて来てもらったんだ。フルールは悪くない」

ヴィクターが庇うように話すもこの場では逆効果でしかない。余計にクリスティーナの癪に障ったようで、一際きつくフルールを睨みつけてきた。整った美しい顔付きだからこそ嫌悪と怒りを露わにした表情は迫力がある。

だが次の瞬間、クリスティーナは一瞬にして穏やかな微笑みを浮かべ、ヴィクターに向き直ってしまった。

二面性とでも言うのか。もはやお面を付け替えるような変わりようだ。先程まで厳しい口調でフルールを責めていたというのに、ヴィクターを呼ぶ声は一転して穏やかで甘ささえある。

「ヴィクター様のせいではありません。私、知ってますの、ヴィクター様は事情があって仕方なく彼女と一緒にいるんですよね」

「いや、僕は」

「私、そんなヴィクター様を救いたいんです。もう無理はしなくて大丈夫ですよ。……それに、フルールさんだってヴィクター様と離れられて嬉しいはずです。だってずっとヴィクター様に迫られて困っていたんですもの。そうでしょう、ねぇ、フルールさん？」

クリスティーナがじろりと睨みつけてくる。

彼女の視線と問いに、フルールは「えっ……？」と躊躇いの言葉を漏らしてしまった。

どうして彼女がそれを知っているのか。

なぜこんな場所で、よりによってヴィクターがいる場所で言ってしまうのか。

困惑の中でヴィクターを見れば、彼はクリスティーナの話に怪訝な表情を浮かべている。

だがフルールの視線に気付くとこちらを向いた。紺碧の瞳が見つめてくる。

彼に説明をしなくては。

そう考え、フルールは口を開き……、

「……そう、です。ずっとヴィクターに迫られて困っていました。どこに行くにも追いかけてきて……」

と、口から出た自分の言葉にぎょっとして手で口を押さえた。

今のは自分の声だ。間違いなく自分が発した。だけどこんな事を言うつもりじゃなかった。

なのに何故、どうして。

困惑が溢れてくるが、そんな胸中などお構いなしと言いたげに、自分の口が、自分の意思に反して再び開かれた。

「ヴィクターは強引で、何をするにも私に付き纏ってきて……」

「彼に出迎えられて流されるように一緒に出掛けて、強引にプレゼントを押し付けられて渋々受け取って、ヴィクター様が居る手前、他の男性にエスコートも頼めなかった。そうでしょう、ねぇ、フルールさん？」

「……はい。ヴィクターは私の予定を全部把握して連れ出して、断っても高価な物を贈ってきて、いつも当然のようにエスコートして、いつも隣に居て離れないから他の男性が声を掛けてこなくて」

「それでいつも困っていましたのよね？　そうでしょう、ねぇ、フルールさん？」

「はい。それで、いつも、困ってました」

すらすらと口から言葉が溢れていく。

だというのに、「違う、どうして」と必死に心の中で訴えてもそれらはまったく声にはなってくれない。

ヴィクターを見れば彼は困惑の表情を浮かべており、彼らしからぬ細い声でフルールの名を呼んできた。消え入りそうな声、こんな風に彼に呼ばれた事は無い。

「ヴィクター、私……」

「ヴィクター様、聞きました？　フルールさんはヴィクター様の積極性を困っていらっしゃったんです。ヴィクター様が善意でそばにいてくれているのに、なんて恩知らずなのかしら」

「違う。私、あんな事を言いたいわけじゃなくて、言葉が勝手に」

「勝手に話してしまったんでしょう？　それが私の魔法ですもの」

「魔法……？」

クリスティーナの発言に、フルールは驚いて彼女を見た。

美しい女性だ。王族らしい気高さを感じさせる。だが顔に浮かべた笑みは侮蔑の色が込められており、フルールには妙に歪に見えた。

クリスティーナにも魔法の才能があるというのは知っていた。優れた魔力量と技術、『魔法についての共同研究』という名目で無理やりヴィクターに付いてきたのも、彼女に魔法の才能があっての事だ。そうでなければさすがに一国の王女であっても拒否されただろう。

「私、他人の精神面に干渉する魔法が得意なの。たとえば、本音を引き出す魔法とか」

「本音を？」

「ええ、そうよ。この魔法の前では嘘偽りを言う事も誤魔化す事も出来ない。問われればすべてを話すしかないの」

己の魔法を語るクリスティーナは得意げで、声には勝ち誇るような色すらある。

彼女の話に、フルールは自分の心臓がドクリと気持ち悪く跳ねるのを感じた。

『本音』。その言葉が頭の中で繰り返される。

ヴィクターの事を困っていたのは事実だ。

流されるように一緒に出掛けて、彼からの贈り物を渋々受け取ってしまっていた。約束するでもなく当然のようにエスコートをしてくる彼に困っていた。彼の牽制のせいで他の男性が声を掛けてこないとも考えていた。

すべて本音だ。

だけど、でも……。

胸の内を無理やりに暴かれたような苦しさにフルールは息を詰まらせ、ヴィクターへと視線をやった。

彼は困惑の表情を露わにフルールを見つめてくる。

形の良い眉が下がり、紺碧の瞳が揺らぐ。思い出を語っていた時の穏やかな色は既に無く、むしろあの時間があったからこそ落差をより強く感じてしまう。

違う、とフルールは咄嗟に声をあげようとした。

だがそれを遮るようにクリスティーナが喋り出した。

「ずっとヴィクター様から逃げようとしていたのよね？　だけど逃げられなくて、だから自分がされて困っていた事を意趣返しのようにヴィクター様にした。そうでしょう、ねえ、フルールさん？」

クリスティーナの声が、問う言葉が、頭の中に入り込んでくる。

そして入り込むやフルールの体を支配し、胸の内どころか奥底にある感情を勝手に暴いて引き出そうとする。

無理やりに、そこにある複雑な感情などお構いなしに、フルールの事情など考えもせず。

ただ『言葉』だけを握り取って口から吐き出させる。

もはや暴力的とさえ感じる魔法に、だがフルールは抗えずに口を開いた。

「そうです。私、ずっとヴィクターから逃げようとしていました。でも逃げられなくて、だから彼を真似て迫る事にしたんです。そうすれば、私が困っていたように、今度はヴィクターが困ると思って」

違う。

いや、違うわけじゃない。

だけど違う。

クリスティーナの魔法は胸の内を掻き乱し、言葉だけを無理やりに曝け出す。

おかげで言いたい事や言わなければならない事が頭の中で渦巻き、うまく言葉が発せられない。

それでも何か言わなくては。

そう考えるも鼓動が激しく打ち、心音が思考の邪魔をしてくる。

ヴィクターの困惑の表情から目が離せない。

あんな顔をさせたかったわけじゃないのに。

だから、何か。言葉を。

そう考えて口を開くも、またもクリスティーナの言葉に掻き消されてしまった。

「もうお話は十分でしょう？　ご自宅に戻られたらどうかしら、ねぇ、フルールさん」

「……なにを」

何を言っているのかと問おうとするも、フルールは自分の胸の内がざわつくのを感じ取って息を呑んだ。

覚えのある感覚。今日まで何度もこの感覚を味わった。それが今に限っては無理やりに引き起こされるように、体の奥から強引に湧き上がってくる。

これは……。

魔法だ。自室に戻る、フルールが使える唯一の魔法。

どうしてこのタイミングで……。

意味が無いと分かっていても胸元を押さえるが、胸の内はまるで波紋が広がるように荒れていく。

ちらと見たクリスティーナの顔が勝ち誇っているように見えた。声には出さず、それでも口紅で塗られた彼女の赤い唇が『去りなさい』と告げてくる。

頭の中に直接囁かれるように聞こえてきたクリスティーナの声が、今度は言葉ではなくフルールの魔力を鷲摑みにして引きずり出そうとしてくる。元より制御の利かない魔法が、今は手のつけようのないほどに膨らみ発露の瞬間を待っている。

「待って、違うの。ヴィクター、私っ、ちゃんと貴方と」

話したいの。

分かりたいの。分かってほしいの。

そう必死で訴えようとするも声が出ず、代わりにヴィクターへと手を伸ばした。

「フルール！」

彼もまた名前を呼び、フルールの手を摑もうと自らも手を伸ばしてくる。

だがその腕をクリスティーナが摑んだ。彼女が喚く。

「さっさと去りなさいよ、このっ」

魔女が。

告げられた罵倒とほぼ同時に、フルールはその場から姿を消した。

Side★ ★ヴィクター③★

ヴィクター・リデットの胸中はとうてい落ち着いていられるものではなかった。

それでも無関係な者達が騒ぎを聞きつけて部屋に入ってくれば、この場を収めるしかない。怒りと焦りが沸き上がるが、騒ぎを大きくしてはならないと自分に言い聞かせておく。

フルールが魔法で自室に戻ってしまった事を彼女の両親に伝え、シャレルとルドを急ぎフレッシェント家へ戻らせる。あれほど喚いていたクリスティーナが人が集まりだすやいなや途端にしなだれかかり淑女らしく振る舞うのには怒りどころか嫌悪感さえ抱いたが、腕を振り払うのはカティスに止められてすんでのところで耐えられた。

「どうやら研究で疲れていたみたいだ……。今日はもう休んでも良いだろうか」

溜息交じりに両親に告げれば、二人はヴィクターの事を案じながら了承してくれた。

彼等は何が起こっていたのかを知らない。きっと疲労が溜まって一室で休んでいたところにフルールが居合わせ、そこにクリスティーナが割り込んできた……としか思っていないのだろう。

事実そうなのだが、それだけではない。かといって説明する気も起きず、案じてくる両親に礼を告げ、カティスを連れて自室へと戻っていった。

自室に戻り、椅子に座り机に向かう。そのタイミングで無意識に溜息を吐けば気遣うようにカティスが紅茶を淹れてくれた。

カチャと小さな音をたててカップが机に置かれる。その横にあるのはクレアン国への報告書。『魔法の共同研究』などという名目でクリスティーナが帰国に付いてきたおかげで、ヴィクターは常にクレアン国へ研究の進捗を報告せねばならなくなっている。忌々しい、と報告書を睨みつけた。

だが今は苛立ちを報告書にぶつけている場合ではない。そう考え、ヴィクターはティーカップに口を付けた。怒りはひとまず紅茶と共に飲み込んでおく。

「僕に付き纏うだけの我が儘な王女かと思っていたが、どうしてあの事を……」

報告書越しにクリスティーナの顔を思い出す。それと同時に脳裏に蘇るのは、フルールが消えた瞬間に彼女が発した言葉。

「魔女」と。

はっきりとクリスティーナは口にしていた。

なぜその言葉を発したのか。それもフルールに向かって……。

「今すぐにフルールのもとへ行きたいが、簡単には出掛けさせてくれそうにないな」

「……屋敷の外はおろか、中にまで入り込まれていますね。申し訳ありません。すぐに気付くべきでした」

窓辺に近付いたカティスが外を睨みつけながら謝罪の言葉を口にしてくる。

彼の視界にどんな光景が映っているのか……。想像し、ヴィクターは嫌悪感が増すのを感じてまたも溜息を吐いた。

大方、闇夜に乗じて屋敷の周囲を張る不審な影が見えているのだろう。公爵家の警備は厳重ではあるものの、世にはそれをすり抜けてしまう者達がいるのも事実だ。総じて、そういった手合いの者達は善良とは真逆の存在である。

何から何まで油断していた。

すべてを甘く考えていた。

クリスティーナの事も、今夜の夜会も、……フルールの事も。

「……自分が嫌になる」

胸に渦巻いていた嫌悪感が自己嫌悪へと変わっていく。

思い出されるのはフルールの言葉。

『私、ずっとヴィクターから逃げようとしていました』

たとえそれがクリスティーナの魔法によって引き出された言葉とはいえ、元々はフルールの胸の内にあった言葉だ。

クリスティーナの魔法はあくまで当人の本音を引き出す魔法であり、嘘を吐かせたり大袈裟に話させたりは不可能である。この忌々しい共同研究で彼女の魔法の本質については調べてある。……付き纏われ、渋々調べさせられたとも言えるが。

「……付き纏われるのは嫌な気分だな」

「ヴィクター様？」

「自分がされて初めて分かった」

クリスティーナに付き纏われ、高価なプレゼントを贈られ、嬉しいという気持ちは欠片も抱かなかった。むしろ断れず押し付けられるたびにその強引さに嫌気がさしていた。あまりのしつこさにすっかり気が滅入り、今ではクリスティーナの声を聞くだけでうんざりとした気分になる。

……だけど自分はどうだ？

フルールに同じ事をしていたではないか。

そしてフルールもまた自分に対して同じ事を……。

「いや、今はそれを考えている場合じゃない……。けど、だめだ、今はフルールの事を。いや、なにを考えようとフルールの事ではあるんだけど」

考えが纏まらず、要領を得ない言葉ばかりが口を衝いて出る。どれもがフルールの事なのだが。

そんなヴィクターを見兼ねたのか、外を見張っていたカティスがまったくと言いたげな表情を浮かべた。

「ヴィクター様、意外と余裕のない性格ですよね。一見すると優雅に見えますが」

「当たり前だろ、僕はいつだってフルールに関しては必死だからな」

潔いまでにはっきりと断言し、かと思えば再びヴィクターは溜息を吐いた。

だがこのまま部屋で悩んでいても埒が明かない。そう考えるのと同時に、幼い頃に聞いたフルールの言葉が脳裏に蘇った。

『だってちゃんと言ってくれないと分からないし、分かってあげられないもの』

まるで幼い彼女が目の前にいるかのように鮮明に思い出せる。

自分を目覚めさせてくれた言葉。

その声を思い出すと同時に、机の上に置いた一冊の日記帳がヴィクターの視界に映った。

フルールとの交換日記。クリスティーナや彼女の配下達に邪魔をされて碌に交わせていないが、それでも今の多忙なヴィクターにとっては心癒されるものだ。

フルールは自分と理解し合うためにこの日記帳を用意してくれた。今夜の夜会で話す機会を設けられるように動いてくれたのも彼女だ。

「そうだ。きちんと伝えて、そして聞かないと。僕の気持ちも、フルールの気持ちも……。魔法で無理やりに引き出されただけの言葉じゃ無くて、気持ちを添えた自分達の言葉で」

決意を新たに己を鼓舞し、そうとなればどうやって屋敷を出てフレッシェント家に向かおうかと考え始める。

そんなヴィクターを見守っていたカティスが穏やかに微笑み、だが次の瞬間、聞こえてきたノックの音に顔を顰めた。

第4章　魔女の素質

クリスティーナに胸の内を強引に暴かれ、フルールはヴィクターに説明する事も出来ずに自室へと戻ってしまった。

視界が白んで次の瞬間には自室の窓辺に立っている。外に見えるのは見慣れたフレッシェント家の庭。いつもの魔法だ。

普段ならば慣れたもので「またやっちゃった」と肩を竦める程度である。理不尽な魔法とはいえ、長い付き合いなのでさして焦る事も落胆する事もない。

だが今夜は別だ。

どうしてあのタイミングで、せめてもう少し耐えられなかったのか、なんで私は……。と、魔法にも己にも後悔が湧く。

だが何より悔やまれるのは、魔法ではなく自分の発言だ。

「私、あんな風に話すつもりじゃなかったのに」

確かにヴィクターの強引さに困らされて、彼から逃げていた。そして彼を真似て困らせようとも考えていた。

だが自分はヴィクターの事が嫌いなわけではない。あくまで困っていただけだ。もっとゆっくりと、こちらのペースを考えて距離を縮めてきてほしいと考えていたのだ。そして話せばきっと受け入れてくれると信じてもいた。

だというのに、クリスティーナの魔法はそんなフルールの気持ちもお構いなしに言葉だけを暴き出してきた。『本音を引き出す魔法』と彼女は言っていたが、あれはもっと暴力的なものだ。そこにある感情や事情を無視する、無遠慮で、言葉を発した者も聞いた者も傷つける魔法。

クリスティーナの魔法の暴力性を実感すると同時に、ショックを受けるヴィクターの顔が脳裏に蘇った。

眉尻を下げた辛そうな表情。「フルール……？」と名前を呼んでくる声は細く掠れていて、あれほど弱々しい声で呼ばれた事は無い。

「もっとちゃんと話をしないといけなかったのに……。そうよ、話をしないといけないの！」

気落ちし独り言ち……、だが次の瞬間にはフルールは強い意志を胸に抱き、俯きかけていた顔を上げた。ついでに拳も握っておく。

胸にあるのは不安や後悔。

それと、いまだ消える事のない決意。

今夜ヴィクターと話し合い、お互いを理解し合うと決めたのだ。たとえ邪魔が入ろうと、その邪魔に何を言わされようと、その最中に自室に戻らされようと、『話し合う』と決めた意志は変わらない。

「そうと決まればリデット家に戻らないと。何度帰ろうともそのたびにヴィクターに会いに行けば良いんだわ！　ヴィクターもしつこいけど、私だってしつこいんだから！」

だてに十年以上この魔法と付き合っていない、自室に帰ってまた戻るなど造作ない事だ。

そう意気込むと共に、さっそく部屋を出ようとし……、ふと思い立って化粧台へと向かった。

棚の一つを開けて赤いリボンタイを取り出す。以前にヴィクターから貰った品だ。今夜も彼のエスコートではないと知り、着けずにしまっておいた。

赤い上質の布で作られたリボン、中央で輝く白い宝石にはヴィクターの魔力が込められていると聞いた。

「私の意思で、私の言葉で、きちんと話すから」

そう宝石に話しかけ、フルールはリボンタイをつけるとさっそくと部屋を出ていった。

「お嬢様！」

屋敷の玄関へと向かうと、今戻って来たばかりらしきシャレルが駆け寄ってきた。

息が上がっているのはそれほど急いで来たからなのだろう。だがたとえフルールが消えた瞬間に彼女がリデット家を出たとしても、距離や時間を考えるとまだ道の途中のはずだ。そんなに急いで戻って来たのかと問えば、馬車ではなくヴィクターに馬を借りて疾駆けで来たのだという。

「ルドは？」

「追いつかないと言うので置いてきました」

「そんなに急いでいたのね。……ありがとう、でももう一度ヴィクターの元へ行きたいの。きちんと話をしたいから」

だから、とフルールが話せば、シャレルが一瞬意外そうな表情をした。

「またクリスティーナ王女に邪魔をされるかもしれませんが、よろしいのですか？」

「良くはないけど、でも、だからって私が折れる理由はないわ。今夜こそちゃんとヴィクターと話をするって決めたんだから、このままじゃ終われない」

「さすがフルールお嬢様。お嬢様は昔から意志が強いですからね」

「……それに、クリスティーナ王女が最後に私に何か言っていた気がするの。聞こえなかったけど、なにか……思い出そうとすると胸がざわつくのよ」

フルールの魔法が発動する瞬間、クリスティーナが何かを告げてきた。

幸か不幸かフルールの耳にはすんでのところで届かなかったが、彼女の表情や「さっさと去りなさいよ」という暴言から、それが罵倒なのは分かる。

分かると同時に、言いようのない胸騒ぎがする。心臓が押し潰されそうな圧迫感。ドクリドクリと鈍く鼓動が速まる気持ち悪さ。以前、夜会の最中に庭に出て奇妙な風に吹かれた時と同じ感覚だ。

足元から気味の悪いものが這い上がってくるような感覚。恐怖と畏怖、だが何に対してなのか分からず、分からない事がまた妙に焦燥感を掻き立てる。

「あの瞬間、クリスティーナ王女の言葉は聞こえなかったけど、ヴィクターの反応は見えたの……。彼、なにかに驚いていた」

「お嬢様、それは……」

「なにがあるのかもちゃんと聞きたい。だから行かないと」

不安は確かにある。だが部屋に籠ってはいられない。そうフルールが訴えればシャレルが頷いて返してきた。

「参りましょう」と返してくれるあたり、彼女も共にリデット家に戻ってくれるのだろう。

「途中でルドを拾いましょう。……多分、そうとう文句を言ってくるでしょうけど」

肩を竦めながらのシャレルの話に、フルールは小さく笑みを零した。

不安や焦燥感、後悔が胸に湧いているが、少しだけ気分が紛れた。

シャレルに御者を頼んで馬車に乗り込み、リデット家を目指す。

何度も行き来した道。時にはヴィクターとどちらが距離を稼いだかで競った事もあった。彼はどんな気持ちでこの景色を馬車の客車から眺めていたのだろうか。

「私、ヴィクターの気持ちを想像する事もなかったわ……」

溜息交じりに、誰も居ない客車の中で呟く。

今度からは彼の気持ちも聞くようにしよう。お互いの気持ちを、自分達の言葉で。一方的に告げるのではなく相手が理解してくれるように。

そう胸の内を整理しながら窓の外を流れる景色を眺めるも、途中でガタと大きな音を立てて馬車が止まってしまった。

リデット家に着いたわけではない。その中間だ。以前ヴィクターの外出を待ち伏せしようと家を出た際、ここで何度か彼と鉢合わせしてしまった。道の先にはリデット家があるはずだが、屋敷の屋根すらも今はまだ見えない。

「シャレル、どうしたの？」

「フルール様、夜分遅くに失礼いたします」

「……マチアス様」

客車から出ようとしたフルールに声を掛けてきたのは、クリスティーナの側近でありクレアン国の宰相マチアス。

パーティーから抜け出して来たのか華やかな正装をしており、涼やかな顔付きの彼に良く似合っている。「こんばんは」と告げてくる挨拶も客車の扉を開ける仕草も優雅の一言に尽き、平時であったならフルールもさして気にせず微笑んで返しただろう。

だけど今は妙な胸騒ぎがする。

マチアスの紳士な態度が違和感を覚えさせる。

それでも扉を開けられれば断る術はなく、彼に促されてタラップを降りた。

「……マチアス様は、どうしてこんな所に？」

「貴女をお迎えに参りました」

「私を……、わざわざ？」

マチアスの返答は尤もと言えば尤もである。

フルールが魔法で自室に戻ってしまったのはクリスティーナとの口論の末だ。マチアスが話の内容まで知っているかは分からないが『クリスティーナとの間に何かあった』という事は容易に想像出来るだろう。

とりわけ、クリスティーナは独占欲を拗らせてヴィクターに付き纏い続けているのだから、何かしらの問題を想像するなという方が無理な話だ。

そして自国の王女が他国の男爵令嬢と揉めた可能性があるとなれば、側近であるマチアスが事態の収拾に動くのも当然。下手をすればクリスティーナの評判に関わりかねない。

現にフルールは今までも二度ほど彼に謝罪されているし、一度目はわざわざ馬車を追いかけて謝罪してもらった。他者に謝罪してまわる彼の姿も見ている。

「大丈夫ですよ、マチアス様。問題があったわけではありません。私のこの魔法もいつもの事ですから」

少なくとも自分はクリスティーナの態度を問題視する気はない。そう暗に伝えればマチアスが柔らかく笑った。

フルールが下した判断に安堵しているのだろうか。我が儘王女の側近というのは大変だ……。とフルールが心の中で彼を労う。

だが次いで話しかけようとした言葉を「え……？」と躊躇いの声に変えたのは、一瞬、瞬きの合間にマチアスが雰囲気を変えたからだ。涼やかな目元の奥に妙なぎらつきを宿らせ、口の端が僅かに歪む。

「貴女はこんなに物分かりが良いのに、あの女は……。男を追いかけまわすしか能の無い」

「マチアス様……？」

「おっと、失礼しました。ですがこれでも一応褒めてはいるんですよ。尻軽女より魔女の方がマシだってね」

「ま、魔女……って、貴方、何を言ってるの」

「あぁ？　なんだよ、知らねぇのか」

マチアスの口調が次第に崩れていき、ついには一国の宰相とは思えないほど汚くなった。

それでいて顔には柔らかで優雅な笑みを浮かべたまま。

まるで別の誰かが、宰相という役職とは縁遠い下卑た男が、彼の言葉を吹き替えているような違和感。ちぐはぐで奇妙としか言いようがなく、フルールの背に寒気が走った。

咄嗟に彼から離れようと後退る。だがそれを察せられたのか、逃がすまいと手首を掴まれた。

「おっと、逃がすわけねぇだろ」

「いたっ……！　やめて、放して！」

掴まれた腕をそれでも引こうとするが、男の腕力にはとうてい敵わない。

きつく手首を掴まれると骨まで響きそうなほどに痛む。耐え切れずに小さく悲鳴をあげれば「お嬢様！」とシャレルの声が聞こえてきた。

彼女は数人の男に取り囲まれている。誰もが立派なスーツを纏っており一見すると相応の身分に見えるが、その手には鋭利なナイフが握られており、見て取ったフルールが顔を青ざめさせた。

「シャレル！　やめて、彼女を放して！　マチアス様、何を考えているの⁉」

「その女には気をつけろよ。侍女の格好なんてしてるが魔女狩りの一族だ、お前達なんて楽に切り殺せるからな」

「魔女狩り……？　待って、マチアス様、さっきから私……」

マチアスに何を言われているのか、彼が何を言っているのか、何一つ分からない。

震える声でフルールが訴えれば、マチアスは小さく鼻で笑って視線を向けてきた。

彼の瞳にはフルールを憐れむような色がある。だがそれは心からの同情ではなく侮蔑の色が強い憐れみだ。それでいて顔は崩さず優雅な麗しさもあり、目元だけが露骨にフルールを見下してくる。

「何も知らされてないのか、憐れなもんだな」

「何もって……」

「フルール・フレッシェント。お前の中には魔女の素質が眠ってるんだ」

「魔女の素質……？」

告げられた言葉をフルールが口にすると、ぞわと胸の内が掻き乱されるのを感じた。ドクリと心臓が跳ね上がる。

この状況で元々荒れていた鼓動が、更に別の何かに、もっと強大な別の意思によって乱される不快感。平時であればマチアスが冗談を言っているのかとでも考えただろうが、今だけは妙に彼の話がすんなりと頭の中に入ってしまう。

「ま、魔女って……、そんなの、ただの昔話でしょう……」

頭の中に入り、何かを揺さぶる。

「魔女の力だけ欲しいんだ、お前なんかに懇切丁寧に説明なんてしてられるかよ。こいつ

は俺が連れて行く、お前達はその女を見張ってろ」

マチアスが強引にフルールの腕を掴み、自分が乗っていたであろう馬車へと連れて行こうとする。

「いやっ、やめて！」

咄嗟に声をあげ、フルールはマチアスの手を振り払おうとした。

だがマチアスはびくともせず、それどころかフルールの抵抗に顔を顰めて強引に腕をひねり上げてきた。手首から肩にまで鋭い痛みが走り、耐え切れず悲鳴を上げる。

次の瞬間……、

「お嬢様を放せ！」

怒声と共に何かが馬車の陰から飛び出し、マチアスにぶつかった。

さすがにこれは予想出来なかったのか、マチアスがバランスを崩しフルールの手首を掴んでいた彼の手の力が僅かに緩んだ。その隙を突いてフルールは彼の手から己の手を引き抜き、少しでもと距離を取る。

「お嬢様、御無事ですか！」

「ルド、来てくれたのね……」

馬車の陰から現れたのはルドだ。

彼に支えられるように肩を掴まれるとフルールの胸に安堵が湧く。ひとまず怪我はない事を伝えれば、彼も僅かながらに安堵の表情を浮かべた。

だがマチアスの手から逃れられたとはいえ、事態が解決したわけではない。多勢に無勢な状況は変わらず、依然として窮地のままだ。

「やってくれたな、てめぇ……！」

怒りを訴えるマチアスの声は獣が唸るかのように低い。

先程まで貼り付けていた優雅な笑みもついに消え失せて顔を歪ませている。一国の宰相らしい理知的な男だと思ったのが嘘のような獰猛さだ。彼の手元でナイフの刃がぎらりと鈍く光り、その鋭利さが余計にマチアスの迫力を増させる。

狂暴な男が迫りくる恐怖にフルールが小さな悲鳴をあげた。怒気が伝わったのだろう、ルドも顔に畏怖の色を浮かばせている。

「お、お嬢様、俺の後ろにいてください。何があっても俺がお守りしますので……」

「ルド……」

ルドの声には不安が隠しきれていない。

思わずフルールも彼に身を寄せた。恐怖で足が竦む……。

だが次の瞬間、見えた光景にフルールとルドが揃えたように「あ」と間の抜けた声を漏らしてしまった。

夜の闇の中、怒りを顔に宿しナイフを手にしてにじり寄ってくるマチアス。

……その背後に迫るのは、高々と足を掲げた華麗な侍女。踵落としをするシャレルである。その姿の豪胆さと言ったらなく、月を背後にしており妙に絵になっている。

そうして夜の闇の中、まるで風のような速さで振り下ろされたシャレルの踵がマチアスの頭部を襲った。

ゴッ!!　と低く鈍い打撃の音が響く。

次いで聞こえてくるのはマチアスの呻き声と、彼が頽れ地に伏せる音。見れば白目を剥いている。微かに震えているあたり命の危険にまでは至っていないだろうが、すぐに立ち上がれるとは到底思えない。

「ご安心ください。みねうちです」

「踵落としのどこにみねうち要素がある。いや、そうじゃなくて。シャレル、お前無事だったのか」

慌ててルドが駆け寄っていく。フルールもまた彼女を案じて駆け寄り……、だが彼女の背後に見える景色にぎょっとして足を止めた。

先程までシャレルを囲んでいた男達が一人残らず地面に伏せっている。みなマチアスと同様、震えたり呻いたりしており、立ち上がれそうな者は一人もいない。まさに死屍累々。

誰がこんな事を……、と疑問を抱くも、答えなど一つしかない。

「シャレル、貴女がやったの？」

「はい。先程はフルールお嬢様が人質になって動けませんでしたが、お嬢様さえ安全圏に入られたならこれぐらいどうという事はありません」

「それも侍女の嗜み……？」

恐る恐る、そして『違う』という確信を抱きながらもフルールが問えば、シャレルが困ったような表情を浮かべた。

普段であれば「侍女の嗜みなわけがありません」と口を挟んでくるルドも、今に限ってはじっとシャレルを見つめて返答を待っている。

二人分の視線を受け、シャレルがゆっくりと口を開いた。

「これは……、魔女狩りとしての嗜みです」

静かなその声は、夜の闇の中によく通った。

「お嬢様には魔女の素質があるんです」

夜の闇の中、倒れた男達を逃げないように縛りながらシャレルが話す。

そんな彼女の話を、フルールは馬車のタラップに腰掛けながら聞いていた。傍らにはルドが立ち、ショックを受けるフルールに優しく声を掛けてくれる。

「魔女って昔話の存在でしょう？　かつて世界を脅かして、でも討伐された……」

「一般的にはそう思われていますし、確かに魔女そのものは討伐されました。ですが魔女は『素質』として残っているんです」

「……素質？」

「はい。子が生まれる時に奥底に潜り込み、眠り続け、目覚めの時を待っているのです」

シャレルの話を聞き、フルールは無意識に己の体を抱きしめるように腕を掴んだ。

その魔女の素質が自分の中に眠っているというのか。信じられないと言ってしまいたいが、この状況が、そして荒れる胸中が、否定の言葉を口にする事を許してくれない。

思考の奥底で自分ではない誰かの声が『この話は事実だ』と訴え、脳に押し込めるように無理やりに理解させようとしてくる。今まで感じた事のない焦燥感。物理的な危機は回避できたはずなのに鼓動は一向に落ち着かず、不安と困惑が刻一刻と嵩を増していく。

訴えてくるこの声は誰の声なのか。考えると不安になりぎゅうと自分の体を抱きしめれば、案じてルドがそっと肩を撫でてくれた。まるでフルールに代わるように今度は彼がシャレルに問う。

「その魔女の素質っていうのが目覚めるとどうなるんだ？」

「お嬢様の意識が逆に眠らされて、意識も体も乗っ取られる可能性が高い」

「乗っ取られるって……」

「そうなったらもう魔女の独壇場だ。魔女の魔法は大災害を引き起こすとも言われているし、国家間の争いを招くとも言われている。事実、歴史上の惨事のいくつかは目覚めた魔女が起こしているものだ」

「そんなの、信じろっていうのが無理な話だろ。……でも冗談でこんな事態になるわけがないし」

混乱を隠し切れぬ様子でルドが呟き、前髪を雑に掻き上げた。彼らしくない荒い仕草は胸中のあらわれか。

信じられない。だが冗談や嘘でこんな事態に陥るわけがない。そんな葛藤の最中にあるのだろう。

巻き込んでしまった罪悪感がフルールの胸に湧く。だが今のフルールには彼に詫びる余裕は無く、改めるようにシャレルへと向き直った。

「ヴィクターはその事を知っていたの？」

「それは……」

フルールの問いにシャレルが答えようとする。

だがそれを遮るように笑い声が被さった。誰もが反射的に視線をやれば、腕を縛られ地面に転がされていたマチアスが顔を上げてこちらを見ている。

どうやら意識を取り戻したようだ。もっとも、鼻と口の端から血を流しているあたり拘束から抜け出すのは無理そうだが。

「馬鹿な娘だ、本当に何も知らされてないんだな！　ヴィクター・リデットはお前の中の魔女の素質に気付いていて、抑えつけるためにそばに居たんだよ！」

「……ヴィクターが？　それで私のそばに？」

「お可哀想になぁ。てっきりあの男に愛されてるとでも思ったんだろ？　馬鹿馬鹿しい、公爵子息が馬鹿げた魔法しか使えない男爵家の小娘なんて相手にするわけないだろ！」

己の企みが失敗した腹いせか、それとも事実を突きつけられて動揺するフルールの様子が面白いのか、マチアスは吹っ切れたように饒舌に喋る。

彼の言葉にフルールは何も反論出来ずに言葉を詰まらせてしまった。

それを見て取りマチアスが再び笑い出す。フルールの動揺を嘲笑し楽しむような品の無い笑い。どうしてこの男が一国の宰相として務めていられたのか、今となっては不思議に思えるほどに下卑た態度だ。

そんなマチアスの笑い声がフルールの頭の中で妙に響く。馬鹿馬鹿しいという暴言、そして、ヴィクターからフルールへの愛を否定する言葉……。

突きつけられる事実に理解が追い付かない。焦燥感と不安は増すばかりだ。耳の内でドクリドクリと奇妙な心音が響く。マチアスの笑い声と罵倒がそれに拍車を掛ける。

「ヴィクターは私の事を……」

「公爵子息からしたらお前は爆弾みたいなもんだ。いや、爆弾よりも質が悪いな。世界を壊しかねない素質を持って、そのくせ気付きもせず護られてる事すら知らずに逃げてるような女、どうやったって惚れるわけが無いだろ。公爵子息から愛されて困るなんて図に乗って馬鹿な女だ！」

「私、私は……」

「しかし、公爵子息も馬鹿な男だ。せっかく地位も何もかも持って生まれて来たのに、男爵令嬢なんかに纏わりついて。クリスティーナの言いなりにでもなってりゃ、もっと良い思いが出来たのにな」

フルールにだけでは収まらず、マチアスの嘲笑はここには居ないヴィクターにまで向けられ始めた。フルールを馬鹿にし、ヴィクターを嘲笑い、そんなヴィクターに纏わりつかれて勘違いするフルールを笑い……、と、マチアスの下卑た演説は止まらない。

その言葉に煽られるように胸の内がざわつき、フルールは堪えるように胸元を掴んだ。

マチアスの暴言が次から次へと頭の中に流れ込んで渦巻く。その渦に意識も気持ちも飲まれそうになり……。

だが耐えるために一度きつく唇を噛んだ。躊躇いの言葉を、漏れ出そうになる弱音を、己を律して飲み込む。

次いでマチアスに一歩近付いた。警戒したシャレルが間に入ろうとしてくるが、それは彼女の腕に軽く触れて制した。

「お嬢様、気になさらないでください。この男はすぐに黙らせます」

「良いの、大丈夫よ。……私がやる」

「え？」

シャレルがどういうことかと言いたげな声を上げる。

だがフルールはそれに返事をせず、右手を高らかに掲げ……、

「貴方なんかに、私の気持ちも、ヴィクターの気持ちも語らせないわ」

そう告げて、右手を振り下ろすと同時に、パンッ！　と高い音を響かせた。

「……っ！」

マチアスが驚愕と苦痛で顔を歪ませる。それとほぼ同時にシャレルとルドが息を呑む音が聞こえてきた。

フルールだけは一人落ち着いたまま、少しヒリヒリとする右手をぎゅっと握った。心臓が跳ねる。だが今の鼓動の荒さは不安や焦燥感からではない。初めての、そして令嬢らしからぬ行動を取ったからだ。

「ひとを叩くのなんて初めてだわ」

強張っていた体の力を抜くように、吐息交じりにフルールが呟いた。

まだ手が少し痺れているが、それほど強く叩いたという事だ。……マチアスの頬を。

「お嬢様、手を痛めていらっしゃいませんか？」

「大丈夫よ。ちょっとヒリヒリするだけ。思いっきり叩きすぎたみたい。慣れない事はするものじゃないわね」

右手を軽く振りながら冗談めかして話せば、シャレルが苦笑で返してきた。

そんな穏やかなやりとりに「この小娘が！」と罵倒が割って入る。言わずもがなマチアスだ。彼は先程以上に憎悪の色を濃くしてフルールを睨みつけている。

侮り嘲笑していたフルールに叩かれたのだ、悔しさは相当だろう。眼光は射貫きそうなほどに鋭い。

だがマチアスがどれだけ睨んでこようと今のフルールが臆するほどではない。むしろ叩かれるだけでは足りないのかと睨み返してやった。

「小娘が、調子に乗るなよ」

「調子になんて乗ってないわ。貴方の話を聞きたくないし、聞く必要が無いだけよ」

マチアスを睨みつけたまま言い切れば、予想外の反論だったのか彼が一瞬たじろいだのが分かった。

自分の言葉にフルールが動じないと察したのだろう、「聞く必要だと……？」と尋ねてくる声には先程までの強さはない。

そんな彼を見据え、フルールは口を開いた。

「ヴィクターからきちんと話を聞くって決めたの、だから貴方の話は聞かないわ。私はヴィクターの、彼が私に伝えるために選んで口にした言葉を信じる」

はっきりと決意を告げれば、マチアスが忌々しいと言いたげに睨みつけてきた。

だが睨みこそすれども何も言ってこないのは、手足を縛られたうえに罵倒すらも届かないとなると出来る事はないと察したからだろう。向けられてくる視線には悔しげな色もある。

そんな視線を受けてもフルールは動じず、それどころかもう彼に応じる必要は無いと考え「行きましょう」とシャレルに向き直った。

「ヴィクターと早く話をしないと。それに、もしかしたらヴィクターも危ない目にあってるかもしれない。急がないと」

「かしこまりました。リデット家に参りましょう」

フルールの訴えに応じるシャレルの声ははっきりとしており、使命感さえ帯びている。

次いで彼女はいまだ理解しきれていないと言いたげなルドへと向き直った。

「ルド、私はお嬢様をリデット家にお連れするから、ここを頼む。じきに回収がくる」

「か、回収？　警備じゃなくてか？　そもそもまずは警備を呼ばないと」

「回収が来るからその必要は無い。あ、でもうっかりルドまで回収されるなよ。……こいつらの仲間だと思われたら地獄を見るから」

恐ろしい事を言ってのけるシャレルにルドが口籠る。絞り出すような「お前のそういうところが……」という悔しげな声は、きっとシャレルの説明不足と強引さを指摘したいのだろう。

このままだと口論に発展しかねない。普段ならば二人のやりとりはフルールにとって楽しいものなのだが、さすがに今は優先すべき事がある。

「ルド、私からもお願い。すべて終わったら私からちゃんと説明するから」

だからここをと託せば、ルドが一瞬口籠った後、盛大に溜息を吐いた。

「そこまで仰るのならこの場はお引き受けします。フルールお嬢様、どうかお気をつけて」

「ありがとう、ルド」

「良いかシャレル、何があろうとお嬢様を守り抜けよ。あと終わったら全部説明して、普段の大雑把な仕事も省みろ。魔女狩りの一族だろうと何だろうと、フレッシェント家の侍女として勤めているのなら日頃から細かな気遣いと繊細な仕事を心掛けてだな」

「フルールお嬢様、ここはルドに任せて参りましょう」

あっさりとルドの要望をシャレルが聞き流せば、彼が悔しそうに唸った。

普段通りのやりとりだ。だが二人も今こんなやりとりをしている場合ではないと分かっているはず。あえてのこの応酬はフルールを気遣ってのものである。

フルールもそれを理解しており、彼等の気遣いに心の中で感謝をして「全部終わったら話し合いのお茶会をしましょう」と提案した。

いつもみたいな日常が戻ってくる事を、そして叶うならば、その場にヴィクターも居る事を願って。

話をするため、フルールはシャレルが手綱を握る馬に相乗りさせて貰う事にした。

彼女の前に座り、後ろから支えられながら馬に揺られる。

馬車に飽きた時は何度かこうやって相乗りさせて貰った事があった。「お嬢様を乗せて馬を走らせるのも侍女の嗜み」と彼女は常々言っていたが、思い返せばフレッシェント家に仕える他の侍女やメイドには出来ない芸当だ。

「……魔女狩りの一族っていうのは本当なの？」

フルールが呟くような声色で問えば、背後から「はい」という簡素な言葉が返ってきた。

体が僅かに強張る。

「魔女狩りっていうのは……、わ、私に何かするの……？」

無意識に声が震える。シャレルが自分に危害を加えるわけがないと分かっていても、彼女の返事を待つ僅かな間が妙に長く感じられた。

だがそんなフルールの不安を、聞こえてきた「いいえ」という否定の言葉が掻き消してくれた。

声量こそ夜ゆえに控えめだがはっきりとしており、嘘も偽りも無く事実を口にしているのが分かる。

彼女の言葉は溶け込むようにフルールの胸に届き、ほっと安堵の息が口から零れた。強張っていた体が少し和らいだのが自分自身で分かる。

「一族が魔女狩りとして活動していたのは大昔、それこそ魔女が素質としてではなく個として存在していた時代です。今は魔女の素質を持つ者を探し出し、覚醒させないようにするのを生業としています」

「覚醒させないように……、そんな事が可能なの？」

「辛うじて、という感じですね。ですがヴィクター様が協力してくださっているので、だいぶ研究も対策も進んでおります。今のお嬢様の問いに『可能です』とお答えする日もそう遠くないでしょう」

「ヴィクターが……」

曰く、ヴィクターは昔から、勉学や家業の合間を縫って魔女の素質についての研究をしていたのだという。

彼は才知があり豊富な魔力量と魔法の技術も有している。更には公爵家子息という融通を利かせやすい身分でもある。魔女の対策を追い求める一族からしたら、これ以上ないほどの協力者だろう。話すシャレルの口調には感謝の色が感じられる。

「ヴィクターがそんな事を……。知らなかった」

「ヴィクター様が我々一族の元を訪ねてきたのは彼が十二歳の時です。これでも一応秘密裏に行動していたんですが、まさかあれほど幼い少年に探し当てられるなんて思ってもいませんでした」

「十二歳……」

ヴィクターが十二歳の頃と言えば、三歳年下のフルールは九歳だ。

当時すでにヴィクターに付き纏われていた。さすがに手の甲へのキスはまだしようとしてこなかったが、なにかとフルールに声を掛け、出掛けようと誘い、そして花や小物をくれていた。あの時から今まで、彼の行動は一つ一つの質が年相応になったものの、根幹は変わっていない。

当時のフルールも同様、彼に情熱的な言葉を告げられると恥ずかしくなり、手を握られそうになると頬を染めて魔法で逃げていた。まるで今の焼き直しのように……、否、今が当時の焼き直しか。

「でも、あの時もうヴィクターは私の中にある魔女の素質に気付いていたのね。ヴィクターが私のそばに居たのは……」

言いかけ、フルールは言葉を止めた。

脳裏にマチアスの言葉が蘇る。彼はヴィクターがフルールのそばに居るのは魔女の素質を目覚めさせないためだと話していた。馬鹿な娘だ、何も知らないくせに、という罵倒の言葉と共に……。

「マチアス様はヴィクターが私のそばにいるのは魔女の素質を抑え込むためって言ってたけど、そんな事が出来るの？」

「えぇ、ヴィクター様ほどの魔力を持っていれば出来ます」

ヴィクターの魔力量は多く、技術面でも優れている。国内どころか近隣諸国を探しても彼以上に優れた人物はそう居ない。

その魔力を以て、彼はフルールの中に眠る魔女の素質を抑えつけていたのだという。

「魔力とは目に見えず、体の内に宿るもの。その魔力が目に見えぬ『素質』という存在の抑止力になるんです」

「抑止力に……？」

「はい。魔女の素質はまだ『眠っている』状態です。本来の力の半分、それどころか半分以下もありません。なのでそれを上回る魔力で抑えつける事ができるんです」

「抑えつけるって、私に何かするの？」

ヴィクターは常にフルールに付き纏い、時には手を握ってきた。手の甲にキスをしようとしてくる事もあったが、それは今のところ一度として達成していない。

それだけだ――フルールからしたらとうてい『それだけ』とは言えないが――。これといってフルールに魔法を掛けている様子も無いし、フルール自身もそういったものを感じた事はない。

「ヴィクター様曰く、強い魔力を纏う者がそばに居れば、魔女の素質の覚醒を阻止出来るようです。『強い魔力は蓋になる』そう仰ってました」

「蓋？」

「えぇ、『蓋』と」

シャレルの説明を聞き、フルールは己の胸元に手を添えた。

自分の中でそんな事が起こっていたのか、ヴィクターはいつもそんな事をしていたのか……。そう考えると同時に、今まで何も知らずにいた自分が浅はかに思えてしまう。

「それでヴィクターは、いつも私に……。違う、いえ、もし違わないとしても、それを結論付けるのは今じゃないわ」

話を聞いている内に不安の靄が胸の内に湧きかけるが、それは首を振って掻き消した。

「お嬢様？」

「私、ちゃんとヴィクターの気持ちを彼の言葉で聞こうって決めたの。そのために今リデット家に向かっているんだから、その前に勝手にヴィクターの考えや気持ちを決めつけて傷付いたら駄目だわ」

自分の中にある不安を払拭するようにフルールが意気込めば、背後でシャレルが小さく笑ったのが聞こえてきた。

「一つ昔話をしてもよろしいでしょうか」

「昔話？　もちろん良いけど……」

「……これは今から数年前、まだ私がフレッシェント家ではなく、故郷にいた時の事です」

ゆっくりと懐かしむような声色でシャレルが話し出した。

魔女狩りの一族とはいえども、武器を持って魔女と敵対していたのは昔。もはや昔話のような過去の事だ。
魔女の存在が個体ではなく素質という潜在的なものになって以降、それを秘める人物を害しはしない。魔女狩りの一族は彼等を監視し、覚醒しないよう陰ながら魔女の素質を抑え続けるのを生業としていた。
そんな一族の元を訪ねてきたのが、まだ十二歳のヴィクター・リデットだった。
あどけなさと知的な精悍さを持ち合わせた少年。紺碧の瞳は不安を隠し切れずにいるが、それでも引く事は出来ないと言いたげに「話があります」とはっきりとした声色で族長に告げた。

「僕の大事な人の中に魔女の素質が眠っています。僕は何としても、何を賭(と)しても、彼女を守りたい」

幼い少年の、だが幼さを感じさせない決意の宿った言葉。

彼は並外れた魔力量と才能を持ち、想(おも)い人である少女の中に魔女の気配を感じ取ったのだという。その後、方々を調べて回り、魔女狩りの一族に解決の糸口を見出(みいだ)した。自ら赴(おもむ)いたのは覚悟(かくご)の現れを示すためだろう。

一族を探すのにどれだけの労力を割(さ)いたか。そもそも魔女狩りの一族について調べる事すら困難だったはずだ。それをやってのけ会いに来た時点で、彼の覚悟の度合いが窺(うかが)える。

「フルールは迷っている僕に道を示してくれた。だから今度は僕が守る。誰(だれ)にも、魔女にだって、フルールを悲しませない。だからどうか力を貸してください」

一連の事情を話した後、ヴィクターと名乗った少年は思いの丈(たけ)を訴(うった)え、深く頭を下げて必死な声で協力を仰(あお)いできた。

「それで、私とカティスがそれぞれフレッシェント家とリデット家に勤めるようになった

んです」

「そうだったのね。私、本当になにも知らなかった」

「魔女の素質がある事は当人には知られないようにしています。……過去、その重みに耐えきれずに自ら命を絶った者もいるので」

「……そう」

シャレルの話はフルールの知らないものばかりで、そしてどれもが重く胸に伸し掛かる。細く吐いたつもりの溜息は自分が思っていたよりも深いものになり、気遣うようにシャレルが名前を呼んできた。手綱を握る彼女の手に力が入っているのが分かる。

「申し訳ありません。すべてを打ち明けるにしても、せめてもう少し落ち着いた時にお話しするべきでした」

「良いの。シャレルのせいじゃないわ。それに全部終わったら、改めて落ち着いて話をしてくれるでしょ？」

「えぇ、それはもちろん……」

「その時には本当のシャレルの事を教えて。私の侍女としてじゃなくて」

「私はフルールお嬢様の侍女ですよ。それは間違いありません」

はっきりとしたシャレルの言葉が背後から告げられる。

その言葉の力強さに、フルールは少しだけ彼女の体に身を預け「そうね、シャレルは私の侍女だわ」と微笑んで返した。後ろでシャレルも微笑んだのが分かる。

「もう一つだけ、お伝えしておきますね」

「まだあるの？」

いったい何かと半身を捩って背後を見る。

「豊富な魔力は魔女の素質の抑止力になりますが、魔力があれば誰でも可能というわけではありません。並外れた豊富な魔力、それだけでも限られますし、なにより魔力を身に纏わせる技術が必要になります。これは一朝一夕で得られるものではありません」

それを幼いヴィクターは習得した。

そもそもこの方法を確立させたのもヴィクターだという。

どれだけの研究や努力があったのだろうか。フルールには想像も出来ず、シャレルや親族達でさえ並の努力では出来ないと考えているという。

それを幼いヴィクターはやりきったのだ。そして今もフルールのそばにいる。

彼女の話に、フルールは深く一度頷いて返した。

目を瞑りヴィクターの姿を思い描く。まだあどけなさを残した幼い少年時代から、今の大人びた青年の姿まで。十年以上そばに居たのだ、記憶も、思い出も、山のようにある。

それほど長い時間を共に過ごしていた。ヴィクターは陰で魔女について研究し、努力しながら……。

「……私のために」

小さく呟き、そっと目を開ける。リデット家の屋敷の屋根が見えてきたのはちょうどその時だ。

「私だって、ヴィクターの気持ちに応えないと」

決意を新たに、フルールは不安を訴える胸を落ち着かせるように深く息を吐いた。溜息ではなく、決意を込めて。

リデット公爵家に到着するも、すぐに中に入ることは出来なかった。

いまだ夜会は開かれており、屋敷からは明かりが漏れて風に乗って音楽が聞こえてくる。一見すると豪華な夜会でしかない。……のだが、どことなく不穏な空気が漂っているのは気のせいではないだろう。華やかな空気の裏で別の何かが這いまわっているような、そんな不快感だ。

屋敷周辺を巡回しているのはリデット家の警備の者と、見慣れぬ服装の者達。後者はきっとクレアン国の者達だろう。クリスティーナが居るのだからクレアン国の警備が張られているのはおかしな話ではない。

もっとも、彼等が本当にクリスティーナを守るために警備しているのかは怪しいところだ。マチアスの配下と考えれば狙いはフルールかもしれない。詳しく言うのであれば、フルールの中にある魔女の素質だ。

「どうやって屋敷の中に入れば良いのかしら」

リデット家の敷地の少し手前、警備に気付かれない場所で馬を下りる。

敷地内に入ること自体は簡単だ。フルールは男爵令嬢であり、リデット家との付き合いも長い。そもそも夜会に招待されているのだから、警備も疑わずに通してくれるだろう。

だが入れたところでヴィクターに会えるかは定かではない。

彼がどこに居るのか分からず、捜している最中にクレアン国の者やクリスティーナに見つかる可能性は高い。見つかればどうなるか、再び自室に戻されれば良い方で、最悪の場合は先程のマチアスのように連れ去ろうとしてくるかもしれない。となれば正面突破して姿を晒すのは愚策だ。

下手な行動には出られない。それに、出来るならば直接ヴィクターに会いに行きたい。

そう考え、フルールは屋敷の上階を見上げ……、「あ」と小さく声を漏らした。

ヴィクターの部屋の窓から明かりが漏れ出ている。その窓越しにふっと人影が映り……、

「ヴィクター……、それにクリスティーナ王女もいる」

二人の姿を見つけてフルールは小さく息を呑んだ。

窓に映る二人の距離は近い。まるで寄り添うように、クリスティーナがヴィクターの胸

元に身を寄せている。

その光景はまさに男女の逢瀬だ。もしもこんな状況でなければ、そして窓越しに見えるのがヴィクターとクリスティーナでなければ、フルールは「見ちゃ駄目よ！」と顔を真っ赤にして目元を手で覆い、それだけでは足りないと魔法でこの場から消えていただろう。

だが今はそんな羞恥心は湧かず、代わりに違和感を覚えて上階の窓を凝視した。

「ヴィクターの様子が変だわ」

「クリスティーナ王女を拒絶しているように見えますが、なんだか普段のヴィクター様らしくないですね」

「そもそも、ヴィクターが女性と触れ合う事がおかしいのよ。彼、私の手を取ってきたりはするけど、それ以上の事はしてこなかったもの」

ヴィクターはいつもフルールの手を取り、手の甲にキスをしようとしてきていた。

だが実際に彼の唇がフルールの肌に触れた事は一度として無い。寸前でフルールが魔法を使って姿を消してしまっていたし、ヴィクターもそれを分かって迫っていたはずだ。だからゆっくりと手を取ってくるし、それ以上や抱きしめたりもしてこなかった。

強引で困ってしまう積極性の持ち主だが、彼なりに決めた一線があるのだろう。――フルールとしてはその一線をもう少し控えめにして欲しいのだが。それも含めて話し合うと決めたのだ――

「何かが変だわ。ヴィクターの部屋に行かなきゃ」

「ですが、どうやって警備に気付かれないように入り込むか……」

このまま正門を通るわけにはいかない。ならばどうやって……、と考え込み、ふとフルールは以前に聞いた話を思い出した。

あれはヴィクターの外出に合わせて待ち伏せしようとし、リデット家の庭にテントを張って野宿をした時だ。ヴィクターの母親であるリリアに声を掛けられて二人で夜の散歩を楽しんだ。その時に彼女が話していた……。

「屋敷の裏手に行きましょう。そこなら警備も薄いはずだし、壁の一部が低くなっているから乗り越えられるわ」

提案し、フルールは警備に気付かれないようにと敷地の裏へと回った。

辿り着いたその場所は背の高い木と壁が聳え立っており、一目で忍び込むのは不可能だと判断出来る。だがよくよく見れば一角だけ壁が削れており、背の高い木を伝っていけば壁を越える事が出来るのだ。もっとも、言われてようやく気付ける程度だが。

かつてヴィクターの母であるリリアは偶然この事に気付き、度々屋敷を抜け出ては外に遊びに行っていたのだという。

足場の使い方や木の伝い方はその話と共に伝授されている。それを説明すれば、まずはシャルルが先行して壁を伝っていった。身のこなしの軽さは目を見張るものがあり、フルールが苦笑交じりに「さすが侍女の嗜みね」と告げれば、引き上げるために手を差し伸べていた彼女も苦笑を浮かべた。

そうして首尾よく敷地内に入り込み、壁沿いに建てられている小屋の陰に身を隠した。

屋敷の裏口までの距離は僅か。……なのだが、裏口は施錠されているだろうし、なにより、裏手とはいえ警備は巡回している。

人数は表よりは少ないが見つかれば直ぐに応援を呼ばれてしまうだろう。リデット家の警備なら話せば理解してくれるだろうが、クレアン国の警備に見つかれば終わりだ。賭けに出るにはリスクが高過ぎる。

どうやって気付かれずに屋内に入るか……。

そう悩んでいると、キャンと高い声が聞こえてきた。

「あれは……、マフィンですね」

見れば、裏口横の茂みから子犬が顔を出している。ヴィクターの愛犬、フルールが以前に彼に贈った子犬のマフィンだ。

アーモンド形のくりっとした瞳でこちらを見つめ、かと思えば警備が来ると茂みに引っ込んで身を隠す。そして警備が離れれば再び顔を出して……と、まるで今の状況を把握しているかのような動きだ。

そんなマフィンは何かを咥えており、それが口元で揺れてキラリと微かに光った。あれは、とフルールが目を凝らしてマフィンを見つめる。

「マフィンが咥えているのは鍵かしら」

「きっと屋敷の裏口の鍵です。カティスが持たせたのかもしれませんね」

「私達が来た事に気付いたの？　どうやって？」

「双子というのはたまにお互いの行動が分かるものなんです。それより今は警備をどうにかして鍵を受け取らないと。お嬢様、ここは私が引き受けますので、屋敷に入ってヴィクター様のもとへ」

「引き受けるって……、大丈夫なの？　何かしたらもっと警備が来ちゃうわ」

「むしろ私に人数を割かせた方がお嬢様が見つからずに済むので好都合です。それにあれぐらいの人数ならどうという事はありません。お嬢様もお気をつけて、何かあれば」

案じてくるシャレルに、フルールは彼女を宥めるように「大丈夫よ」と告げた。

次いでトンと己の胸元を軽く叩く。

「何かあったらすぐに自室に戻るわ。誰も追いつけないし捕まえようが無い私だけの魔法。シャレルだって何度も見てるでしょ」

得意げに、かつ少し冗談めかして告げれば、シャレルが「確かに、あの魔法では誰も捕まえられませんね」と苦笑交じりに返した。

次いでシャレルは小屋の陰から警備へと近付いていき、一人を倒し、気付いた一人が捕まえようと腕を伸ばしてくるのを躱す。その間にも数人が加わるが、それらを躱しながらもシャレルは巧みに警備達と共に正面へと向かっていった。フルールが裏口に行けるように彼等を誘導しているのだ。

フルールはしばらく様子を窺ったのち、もう平気だと判断するとすぐさま小屋の陰から飛び出て茂みにいるマフィンへと駆け寄った。マフィンもこの状況を理解しているようでフルールの元へと駆け寄ってくる。

咥えていたのはやはり鍵だ。

裏口の扉の鍵穴に差し込めばカチャリと音がして扉が開く。

「良い子ね、ありがとう。貴方はシャレルを助けに行ってあげて」

頭を撫でながらマフィンに告げれば、通じたのかキャンと高く鳴いて、シャレルが去っていった先へと走っていった。

それを見届け、フルールは決意を新たに屋敷の中へと入っていった。

屋内に入れば夜会の音楽が聞こえてくる。軽やかな音色、耳を澄ませば談笑する声も。

それでいてヴィクターの自室へと向かう通路には張り詰めた空気が漂っており、そのちぐはぐさが余計にフルールの緊張を高めていた。

心臓が痛いぐらいに心音を鳴らし、屋敷中に響いてしまいそうな錯覚を覚える。

それでも進まないわけにはいかず、足音を潜めてヴィクターの自室を目指す。

幸い、クレアン国の警備は屋内にまでは入り込んでいないようだ。

彼等はきっと『クリスティーナ王女の警護のため』と称して今夜の夜会に出張っているのだろう。その名目は理にかなっているが、反面、公爵家の屋敷の奥までは警備を張れない。屋敷の周囲や会場付近ならばまだしも、クリスティーナが踏み入るはずのない子息の自室になど警備を置く必要性はないのだ。

おかげで見つからずにヴィクターの部屋に到着する事が出来た。

そうして扉の前で覚悟を決めて部屋へと入り……、

「……っ！」

室内の光景に思わず息を呑んだ。

室内にいたのは、部屋の主であるヴィクターと、彼と対峙するクリスティーナ。クリスティーナの背後には数人の男が控えており、彼等に囲まれるようにして床に座り込んでいるのはカティスだ。肩を押さえており、その手の隙間から血が流れているのが見えた。

普段は整えられているヴィクターの自室が今日に限っては荒れており、その光景にフルールの中で緊張感が増す。

「な、なにがあったの……」

「フルール、どうしてここに」

躊躇いの声を漏らせば、ヴィクターがフルールの名前を呼んだ。だがその声は普段彼が名前を呼んでくれる時のものではなく鬼気迫る声だ。どことなく苦しそうな色もある。

ヴィクターはカティスのような見てわかる怪我こそしていないものの、顔色は悪く足元も覚束ない。それどころか、フルールに近付こうとしてバランスを崩してその場に頽れてしまった。慌ててフルールが駆け寄り彼の隣にしゃがみ込む。

顔を覗き込めば苦しげに眉根を寄せている。紺碧の瞳が力なく揺らぎ、それでもフルールを見つめてきた。

「ヴィクター、大丈夫？　何があったの？」

「戻ってきてくれたんだね、フルール。だけどすまない、少し彼女達を侮っていた……」

「侮っていた？　いったい何を……」

何の話をしているのか、何故ヴィクターが苦しんでいるのか、この部屋で何が起こっているのか、何一つとして分からない。

混乱ばかりが重なっていく中でフルールが回答を求めるようにクリスティーナを見れば、彼女は忌々しいと言いたげにきつく睨んで返してきた。

整った顔付き。金色の髪は気品を感じさせ、王女という立場に見合った麗しい女性だと思う。だが顔に浮かんでいる侮蔑の色は酷く下品だ。「なんで戻ってきたのよ」という言葉遣いはたとえ格下の令嬢相手といえども品が無く、身分ある者の口調とは思えない。

更には背後に立つ部下達まで睨みつけた。フルールの登場が不服で、部屋に入ってくるまで気付かなかった彼等を責めているのだろう。

次いでクリスティーナが扉のノブに手を添えた。一瞬、彼女が何かを呟いた気がする。これ以上の邪魔が入らないように施錠の魔法でも掛けたのか。

「せっかくヴィクター様を私のものにしようとしていたのに、なんで貴女が邪魔をしに来るのよ」

「ヴィクターを自分のものにって……、何を仰ってるんですか。そんなの」

「出来るのよ。言ったでしょう？　私はひとの精神に関わる魔法が使える、って」

得意げにクリスティーナが語る。

自分は特別な魔法が使える。

洗脳の魔法を。

彼女の唇から発せられた言葉に、ぞわりとフルールの背が震えた。

「洗脳……？」

「そうよ。ヴィクター様を私に惚れさせて結婚するの。今夜の夜会で大々的に発表するつもりだったのに、ヴィクター様ってばさっきからずっと洗脳に抗ってくるんだもの。苦しいだけなんだから、素直に私の洗脳に掛かってくれれば良いのに」

話の内容に反してクリスティーナの言動は妙に軽い。まるで他愛もない話をしているかのようだ。

己の行動を深く考えず、今回も普段の我が儘と同じものと捉えているのか。

次いで彼女は机の上に置いてあった拳大の宝石を手に取った。真っ赤な宝石。金細工に嵌められており、大きさからアクセサリーというよりは美術館に飾られていそうな品だ。

それをクリスティーナは嬉しそうに見つめている。

「まぁでも、私の洗脳魔法はこの魔力増幅器があっての事だけどね。こんなに良い物を使わずに保管しているだけなんて、お父様もお母様も理解出来ないわ」

「増幅器？　それでヴィクターを？」

「そうよ。そのために持ってきたの。ずっとしまいっぱなしだった物を有効活用して何が悪いの？」

クリスティーナの口調は相変わらずで、悪びれる様子も無い。家にある雑貨を持ってきたかのような言い方だ。

フルールが震える声でどうしてそんな事をと問うも、彼女は間延びした声で「だってぇ」と話し始めた。その態度も、声色も、なにもかもが軽すぎる。

「ヴィクター様の実力は本物だわ。洗脳の魔法に抗えるのも彼の魔力量が多い証拠。そんなヴィクター様と結婚すれば、私が女王になれるかもしれないでしょ？　お父様もお母様もお兄様達も、いつもは私のお願いならなんでも叶えてくれるのに、王位継承権だけは譲ってくれないんだもの」

「そんな……、そんな馬鹿げた理由でヴィクターを」

「馬鹿げた理由ですって？　貴女こそ魔女がどうのと馬鹿げた話でヴィクター様を縛っているじゃない！　むしろ私はヴィクター様を自由にしてあげようとしてるのよ！」

己の企みを罵倒されたからか、クリスティーナの軽い口調に今度は怒りの色が混ざる。

そんなクリスティーナの訴えに返したのは、フルールではなくヴィクターだ。彼はしゃがみ込み苦しげにしながらもゆっくりと顔を上げた。洗脳に抗うのは相当辛いのだろう、額には薄っすらと汗が浮かんでいる。

それでも彼はクリスティーナを睨みつけ「勝手に決めるな」と彼女の訴えを拒絶した。

「僕の自由は……、僕が決める」

「ヴィクター様、もう無理はしなくてよろしいのよ。私と結婚してクレアン国に行けば、もう魔女の素質なんて馬鹿げたものに縛られなくて済むの。ヴィクター様が夫になればきっとお父様達も認めてくださるはずだわ。そうすれば私が女王になれる」

「そんなことを一度でも僕が望んだか？」

「ヴィクター様は責任感の強い方ですから、自由になりたいなんて言えなかったんでしょう？　魔女の事を知ってしまったから嫌々応じていらっしゃったのよね。でももう大丈夫ですよ。私が自由にしてさしあげる。私が女王になって、ヴィクター様はそれを隣で支えてくれれば良いの」

　クリスティーナの話は一方的だ。言葉ではまるでヴィクターの為のように語っているが、実際は彼の気持ちは一切考えておらず、自分の望みだけを優先し、語る時でさえ他人の話を聞こうとしない。

　何も考えていない、とフルールは胸の内に怒りを抱き彼女を見据えた。

「クリスティーナ王女、私も貴女と同じだと思っていた……、だけど違うわ」

「私達が違う？　当然でしょ、たかが男爵家の貴女とクレアン国の王女であるこの私が同じなわけないじゃない。馬鹿な事を言わないで」

「私もヴィクターも自分の気持ちに必死で、相手の気持ちを考えていなかった。でもけして相手を蔑ろにしていたわけじゃない」

　クリスティーナは自分の気持ちを優先し、そして相手の気持ちを蔑ろにする。それどころか、利用し、そして彼女自身は利用しているとさえ思っていないのだ。

　自分以外の者には気持ちが存在していないかのような口調。もはやこれは我が儘などという表現では許されない。王女という立場が、我が儘をすべて叶えられていたという環境が、彼女を横暴な王女に仕立て上げてしまったのだ。

　それを指摘すれば、クリスティーナの顔が見て分かるほどに歪んだ。

「男爵家のくせに、この私に……！　いいわ、貴女を私とヴィクター様の結婚の引き立て役にしてあげる。そうねぇ、夜会の最中に自分が魔女だと打ち明けて、ヴィクター様を縛り付けていたと公表するのはどうかしら。それを暴いて、ヴィクター様を救い出すのがこの私よ！」

「何を言ってるの。公表なんて」

「出来るのよ、いいえ、私がさせるの。貴女は何もしなくて良いわ、私の魔法に従って無様に身を亡ぼせば良いのよ！」

「そんな、……っ！」

勝利を確信しているのか高らかに話すクリスティーナにフルールは反論しようとし、だが言葉を詰まらせた。

一瞬、意識がぐらりと揺らいだ気がする。頭の中を摑んで揺さぶられたような気持ち悪さ。「なに……？」と躊躇いの声を漏らすのとほぼ同時に、再び意識が歪んだ。

今度は一度ではなく、意識は定まることなく揺らぎ続ける。頭を、意識を、思考を、何もかもを左右から交互に引っ張られているような感覚。同時に体が冷えて寒さを覚える。

疑問に思う意識すらも朧げになり、目の前に立つクリスティーナの姿もぐにゃりと歪んだ。焦点が合わず、視界すべての遠近が乱れる。彼女の持つ赤い宝石だけがギラギラと妙に輝いて見える。まるですべてを飲み込みそうなほどの赤。ぞわりとフルールの体を寒気が襲った。

何かに肩を摑まれている気がするが、それすらも分からない。間近で声が聞こえるが、その声は耳には入れども何と言っているのかまでは理解出来ない。頭の中が渦巻いてわけが分からない。何も考えられず、ただ寒い。

「わたし……、わたし……」

「フルール、駄目だ。意識を持っていかれるな。フルール！」

「……ヴィクター？　わたし……なにか変……。私だけど、なにか、違う……」

何かがおかしい。頭の中が嵐の夜の海のように渦巻いている。

それを伝えようとするも言葉が碌に出てこない。そもそも、どうやって喋っていたのだろうか……。声の出し方が、口の開き方が、何も分からない。

代わりに、意識の奥底から何かが上がってくるような不快感がする。その感覚は冷気を伴い、次第に体に満ちていく。

何かが。違う、這い上がってくるこれは『誰か』だ。ならばいったい誰なのか。

いや、そもそも自分は誰だったか。そんなことすらも分からなくなり『自分』が朧げになっていく。それと成り代わるように這い上がってきた『誰か』が心臓まで到達し、凍てつくような寒さが全身を包んだ。

『自分』と『誰か』が入れ替わる……。

だがその直前、フルールの胸元がまるで炎を灯したかのように温かさを覚えた。

「フルール！　駄目だ、意識を失うな。きみはフルールだ、僕の愛しいフルールだろ!!」

ヴィクターの声が途端に耳に飛び込んでくる。その声に後押しされるように、薄れかけていたフルールの意識が再び浮上した。

いまだ視界は揺らいで朧げだが、それでもその中に薄水色の影が見える。ヴィクターの髪の色だ。彼と出会ってから毎日のように見ている美しい髪色。

それを視界にとらえるだけでフルールの胸に安堵が湧き始めた。胸に灯った温かさが全身に駆け巡り、失いかけていた感覚を取り戻す。

次第に視界が戻れば、紺碧の瞳がじっと見つめているのが分かった。この瞳の色にも覚えがある。「フルール」と呼んでくれる声にも、触れる手の温かさにも……。

覚えのある感覚が体に満ちていき、這い上がっていた『誰か』を抑えつける。

静かに、ゆっくりと、再び眠りに就かせるように。

「ヴィクター……」

「フルール、大丈夫か？」

「私……、なにか、いま……変な感じがして……」

意識の奥底から自分ではない誰かが這い上がり入れ替わろうとする、不快感という表現さえもぬるい悍ましさ。

思い出すだけで体が震え、恐怖で身をすくませれば、察したヴィクターが強く抱きしめてきた。「もう大丈夫だ」という彼の言葉は諭すように優しく、フルールの胸中を占める不安を拭おうとしてくれる。

だがそんなヴィクターの声に甲高く響く悲鳴じみた声が被さった。

「あんた何をしたのよ！」

声を上げたのはクリスティーナだ。見れば、彼女は額を押さえて壁に背を預けている。

彼女の周囲にいる男達も先程までの余裕の態度は無くなり、クリスティーナを案じる者、床に落ちた増幅器を恐怖の様相で見下ろす者、部屋の扉をしきりに開けようとする者と様々だ。そのどれもが焦りや驚愕を露わにしており、そこにクリスティーナの甲高い声が上がり余計に事態を鬼気迫るものとしていた。

彼女達の様子は明らかに異常。とりわけクリスティーナは叫びながらフルールに手を伸ばそうとし、だがぐらりと体をよろめかすと受け身を取ることも出来ずに床に倒れ込んだ。顔面を強かにぶつけるが、それでもすぐさま顔を上げて睨みつけてくる形相は凄まじく、王女の気品は無い。

そんなクリスティーナの隣を横切るのは、先程まで男達に囲まれていたカティスだ。

怪我のせいか覚束ない足取りではあるものの、フルール達に近付くとしゃがみこんで様子を窺うように顔を覗き込んできた。苦しげな表情、肩を押さえる手の隙間からは血が流れている。殴られたのか頬に傷があり口の端が切れているが、それでも「ご無事ですか」とフルール達を案じてきた。

「私は大丈夫。カティス、貴方こそ大丈夫？」

「ご安心ください、少しやられた程度でこれぐらいどうという事はありません。それより今の状況は……」

「魔力の増幅器だ」

困惑気味のカティスの言葉に返したのはヴィクターだ。

彼は眉根を寄せた難しい表情で一点を睨みつけている。その視線が向かうのはクリスティーナでもなく、彼女達の配下でもない。……床に落ちた赤い宝石。

先程クリスティーナが魔力増幅器と話していた宝石だ。今は酷く淀んで濁り、中が渦巻いているのが見える。まるで宝石の中で暗雲が立ち込めているかのよう。

そこから漂う禍々しさと言ったらなく、見ているだけで気持ちが悪くなりそうだ。

「暴走してる」

「暴走って、もしかして……、私のせい？」

「いや、フルールのせいじゃない。クリスティーナ王女がフルールの精神に干渉しすぎたんだ。深く入りすぎて魔女の素質が目覚めかけ、増幅器が耐え切れずに暴走した。彼女達はその反動を喰らったんだ」

ヴィクター曰く、増幅器は魔女の魔力に触れて暴走し、クリスティーナ王女の精神魔法を倍にして彼女本人に返したのだという。部下達は近くに居たせいでその巻き添えを喰らい、共倒れのように錯乱状態に陥ってしまった。

唯一カティスだけが無事だったのは彼が魔女狩りの一族ゆえだ。もっとも、青ざめた表情で「辛うじてですが」と正直に話すあたり、魔女の魔力も、それによる増幅器の暴走も、相当なものなのだろう。

「精神魔法そのものが普通では耐え難いものだ。それを、よりにもよって魔女の魔力で暴走した増幅器で倍増……。錯乱状態で済んでいるのは御の字だろうな」

ヴィクターの説明は淡々としたものだが、それに反して目の前の光景は惨憺たるものだ。

クリスティーナは立ち上がれないのか床に倒れたまま罵倒と悲鳴が入り混じった声を上げ、配下達は彼女を気遣う事すらせず逃げようと扉に張り付いたり窓を開けようとしている。そのどれもが叶わないようで、それがより彼等の冷静さを奪っている。

誰一人としてフルール達に近付いてこないのは魔女を恐れてだろうか。もしくは、もはやフルール達の事を考えている余裕は無いのか。

「自業自得だな」

とは、吐き捨てるようなヴィクターの言葉。

声色は酷く冷めており、クリスティーナ達を見つめる瞳は随分と冷ややかだ。配下の男の一人が救いを求めるように手を伸ばしてくるも、応える気は無いのか微動だにしない。

静かな怒気を感じ取り、フルールは宥めるようにぎゅっと彼の上着の裾を掴んだ。

「ヴィクター、どうしよう、早くあの装置を止めないと」

「僕達には害はないみたいだし、やつらの自業自得だ。放っておいても良いじゃないか」

「そんなの駄目よ。私のせいなら」

「フルールのせいじゃない！」

自責の念を訴えるフルールの言葉にヴィクターの声が被さった。鬼気迫るほどのはっきりとした強い口調。

だがすぐさま声を荒らげてしまった事を詫びる。抱きしめる腕に僅かに力が入るのは、怯えて逃げないでくれと乞うようではないか。大丈夫だと告げるように抱きしめてくる腕にそっと手を添えれば、ヴィクターが安堵の表情を浮かべた。

「クリスティーナ王女達が自分で引き起こしたんだ、フルールが気に病む必要はない」

「……分かった。でも私のせいじゃなくてもこのままじゃ駄目だわ。それにクリスティーナ王女達をあのままでいさせるわけにもいかないし」

ヴィクターの言う通りクリスティーナ達の自業自得だとしても、錯乱状態を放っておいて良いわけではない。

彼女達の企みや悪事を公にする必要があるし、そのためには一度落ち着かせねばならない。それに、いくら自分達に害はないとはいえ目の前の惨状をただ眺めている気にはとうていならない。

そうフルールが訴えれば、ヴィクターが苦笑と共に肩を竦めた。

「フルールは責任感があって優しいね。フルールがこの場から離れれば、きっと増幅器も静まるはずだよ」

「それで落ち着くのね。でも部屋からどうやって出れば……」

見たところ扉も窓も開かないようだ。クリスティーナの配下が必死に開けようとしているがびくともしない。

それを見て思い出すのはフルールがこの部屋に来た直後のやりとり。邪魔が入ったと考えたクリスティーナは苛立たしげに施錠の魔法を掛けていた。きっとそれが増幅器の暴走に当てられ、この部屋を強固な密室にしてしまったのだろう。

「増幅器の暴走で施錠となると、僕でも開錠できるか定かではないな。それに出来ればあいつらにも増幅器にも近付きたくないし」

どうしたものかとヴィクターが考えを巡らせる。彼の話を聞きながらフルールも何か良い手段は無いかと部屋を見回し……、

そしてふと、自分自身に視線を落として「そうだわ」と呟いた。

この場から去るなんて、いつもやっている事ではないか。

「ヴィクター、私に良い案があるの。だから協力して！」

「協力？　もちろん構わないけど、何をすれば良いんだ？」

「わ、私に……、いつも通り、私に迫って！」

元より彼の腕の中にいる状態で、更にと彼に身を寄せる。

この提案にヴィクターが紺碧の瞳を丸くさせた。こんな状況だというのに彼の表情は少し間が抜けたものだが、今のフルールにはその意外な一面を気にしている余裕は無い。

「早く！」と強引に話を進め、更にと彼に密着した。

今更ながらに彼に触れている事を意識してしまう。

心臓が鼓動を速める。

自分の顔が真っ赤になっているのが分かる。

それでもとじっとヴィクターを見つめ続ければ、意図を察したのか、彼の紺碧の瞳が一度瞬いた。肩に触れていた手がそっとフルールの頬に添えられる。

ヴィクターの片手が隣に立つカティスの腕を摑んだのを見て、フルールもまた倣うようにカティスの腕を取る。二人から同時に腕を摑まれ、カティスだけが理解が出来ないと不思議そうな顔をしていた。

「さすが僕のフルール、機転が利くね」

普段通りの穏やかなヴィクターの声色。

嬉しそうに目を細めて彼が微笑む。

ヴィクターにじっと見つめられ、フルールは恥ずかしさで顔が熱くなり、その熱が顔に止まらず体中に流れていくのを感じていた。それと同時に体中を巡るのは、今日まで数え切れないほどに感じた魔力の流れ……。

これで大丈夫。そうフルールが心の中で確信する。

だが次の瞬間、ヴィクターがキスをしようと顔を寄せてくるのを察して息を吞んだ。

「『いつも通り』って言ったのに！　だから本当にそういうところ!!」

そう声を荒らげると同時に、パッとその場から姿を消した。

——瞬間、室内に轟音が鳴り響いた気がしたが、恥ずかしさでそれどころではなかった。

一瞬視界が明滅し、次いで目に入るのは見慣れた景色。

窓越しに見えるリデット家の庭、……ではなく、フレッシェント家の庭。夜の暗がりとはいえ自宅の庭を見間違えるわけがない。

戻ってきた、とフルールが理解するのとほぼ同時に「フルールお嬢様！」と名を呼ばれた。

「お嬢様、ご無事だったんですね。ヴィクター様もご一緒で良かった。カ、カティス、お前どうしたんだ！」

ルドが安堵の声を漏らし、かと思えば途端に慌てた声でカティスを案じだした。

彼に名を呼ばれ、そして目の前で彼の慌てようを見せられ、フルールはきょとんと一瞬目を瞬かせた。

なんだか頭がぼんやりとする。意識を覚醒させるために軽く首を振れば、頭上から小さな笑い声が聞こえてきた。見上げればヴィクターが穏やかに微笑んでいる。

「大量に魔力を使った反動だよ。落ち着いて、深呼吸をして」

「魔力を……、そう、私あの瞬間……」

あの瞬間、フルールは魔法を使って自宅に帰った。

普段使っている、そしてフルールが唯一使える魔法だ。

「ヴィクターとカティスも一緒に連れて戻れると思ったの。不思議だけど、どうしてか絶対に出来るって自信があった」

「魔力増幅器があったからだろうね。あれのせいでもあるけど、おかげで助かったよ」

「あの時、ヴィクターもカティスの腕を掴んだのよね？　どうして私が二人を連れて戻れるって分かったの？」

「それも魔力増幅器だよ。あれのおかげで、普段よりもフルールの魔力が高まってるのを感じられたんだ。それに、僕には確信があった……」

「確信？」

それはいったい何なのか、フルールが疑問と興味を持ってじっとヴィクターを見つめる。

彼は見つめられている事が嬉しいのか目を細めて微笑み、ゆっくりと口を開いた。

「フルールが僕を置いていくわけがないからね」

さも当然の事だと言いたげで、自信すら感じられそうなヴィクターの返答。これにはフルールもパチと目を瞬かせてしまった。その反応が面白かったのかヴィクターは笑みを強め、助けられた事を改めて感謝してきた。

そんなヴィクターに続いて、カティスも感謝を示してきた。おまけにフルールの魔法に同行出来た事を「貴重な体験が出来ました」と話し、更にはシャレルに自慢できるとまで苦笑交じりに告げてくる。

もっともすぐさま痛みに呻くあたり、喋る事は出来ても怪我は酷いのだろう。慌ててルドが彼に肩を貸し、医者のもとへ連れていくと部屋を出て行った。

扉が閉まる音がし、室内がシンと静まり返る。

そんな中、フルールはいまだ落ち着かぬ胸中でヴィクターを見上げた。

「これで魔力増幅器は落ち着いたのよね？」

「そうだね。消える直前、増幅器が色褪せるのが見えたから多分大丈夫だ」

「そっか、良かった……。あ、でもそうしたらクリスティーナ王女達が逃げちゃうかも！　それに今回の事をもしも周りに変な風に言われたら、私達が悪者になっちゃうかもしれないわ。すぐに戻らないと！　あぁ、でも私が戻ったらまた増幅器が！」

どうしよう！　とフルールが慌て出すも、ヴィクターは既に落ち着いているようで穏やかに微笑みながらフルールを宥めてきた。

「向こうは大丈夫だよ」という彼の言葉と優しく背を撫でてくる手の感覚に、フルールも胸中の焦燥感が落ち着くのを感じ……、

「も、もう抱きしめなくて大丈夫だから！」

と、慌てて彼の腕の中からすり抜けた。

胸中が落ち着くと同時に彼に抱きしめられている事を実感し、そして恥ずかしさが増してきたのだ。このままでは再び羞恥心で姿を消しかねない。……もっとも、姿を消したところで同じ場所に現れるだけなのだが。

そんなフルールに対してヴィクターは残念だと言いたげな表情だ。軽く腕を広げて見せるのはもう一度抱きしめたいというアピールか。

「せっかく事態が落ち着いた事だし、もう少しぐらい僕の腕の中にいてくれないかな」

「……そうやってすぐ調子に乗る」

熱くなった頬を己で扇ぎながらじろりとヴィクターを睨みつける。

彼の様子は普段通りのものに戻っており、クリスティーナの洗脳魔法に抗っていた時の苦しげな様子はない。辛くないのかと問えば穏やかに微笑んで頷いて返してくれた。

「でも『向こうは大丈夫』ってどういうこと？　早くリデット家に戻らないとクリスティーナ王女達が何かしてるかも」

「治療が終わったらルドが行ってくれるだろうから、僕らが焦らなくても平気だよ。それにクリスティーナ王女達は部屋から出られないよ。扉も窓も開かないし、きっと今はそれどころじゃないはずだ」

優雅に微笑んだままヴィクターが断言する。

優しい声色で。穏やかに微笑みながら。老若男女問わず見惚れて言葉を失ってしまいそうな麗しさだ。

だがフルールは見惚れない。むしろ眉間に皺を寄せて「ヴィクター？」と問い詰めるように彼の名前を呼んだ。

ヴィクターがこの笑みを浮かべている時、それは彼が何かしら企んでいる時だ。

「正直に話して、何をしたの？」

「フルールは僕の笑みには騙されてくれないのか。嬉しいけど参ったな。実を言うと、フルールが魔法を発動させる時にちょっとした置き土産をね」

「ちょっとした置き土産？」

「魔法で扉と窓を頑丈に施錠して、防音もした。そのうえで部屋の中にちょっとした暴風を……。今頃僕の部屋はクリスティーナ王女達を巻き込んで大変な事になってるだろうな」

「それのどこがちょっとした置き土産なの⁉」

爽やかに笑いながらさらっと恐ろしい事を言い放つヴィクターに、フルールは思わず声をあげた。

逃亡防止の施錠と防音はまだしも、室内に暴風とは。それも飄々とした態度でヴィクターは語っているものの、話の内容から察するにその威力はかなりのものだ。慈悲は無く、自室が崩壊するのも厭わないのか。

だというのに当人はあっさりとしたもので、

「もちろん大事なものは隔離してるから平気だよ。マフィンが気に入ってるクッションやブランケット。それに、一番大事な僕達の交換日記」

怒りに任せて暴風を……、と見せかけて意外と冷静なようだ。

おまけに「僕のフルールを侮辱したんだから当然だね」とまで言って寄越すではないか。

これにはフルールも驚いて良いのか呆れて良いのか分からず、深く溜息を吐き……、ふらふらと覚束ない足取りでベッドに近付くと縁に腰掛けた。

「フルール、大丈夫かい？」

「ちょっと疲れたのと気が抜けちゃっただけ。なんだかいろんな事があって……」

今日一日、否、夜会が始まってからの数時間で、物事は目まぐるしく変わっていった。『まずはヴィクターときちんと話をしないと』という一心で行動をしてきたおかげで迷いはしなかったが、頭の中は整理しきれていない。

事態が落ち着き始めてようやく今までの事を振り返れば、混乱がじわりじわりと胸の内に湧き上がってきた。

「……本当に、私の中に魔女の素質があるの？」

改めて問えば、ヴィクターが困ったような表情を浮かべた。

隣に腰掛けるのは話をするためだろう。その際の「座っても？」と許可を求めてくるところがなんとも彼らしく、フルールは思わず小さく笑ってしまった。

「フルールの中に魔女の素質があるのは事実だよ」

まるで子どもに諭すような優しい声色で、それでもヴィクターは肯定した。

「気付かないうちに小さな怪我を負うだろう？　あれも魔女の素質のせいだ。フルールの魔力と魔女の魔力が衝突してフルールの体を傷付けている」

「そんな……」

ヴィクターの話に、フルールはぞっとして無意識に強く手を握りしめた。公園で彼と過ごした際に気付いたら負っていた手の甲の傷、夜会の庭で奇妙な風に煽られた際に負った足首の傷。雑貨店で指を切った時は、魔女の絵本を手にしていた……。

思い返せば、他にも気にも留めない程度の小さな傷を何度も負っていた。それを知るたびにヴィクターはシャレル達と話し合い解決策を考えていたらしい。以前にヴィクターがシャレルを名指しして外出に連れて行ったのも、彼女の一族にフルールの負傷や現状を伝え、少しでも負担を減らす術は無いかと解決策を求めるためだったという。

「……私の中でそんな事が起こっていたのね」

フルールが自身を抱きかかえるように己の腕を摑む。思い出されるのはつい先程の不快感。クリスティーナの精神魔法に当てられて意識が混濁し、その奥底から自分ではない『誰か』が這い上がろうとしていた。体が凍てつきそうなほどの寒気、悍ましさ、何も分からなくなり抗う事も出来なかった。

あれが『魔女の素質』なのだろう。

もしもあのまま抗えずに居たら、フルールの意識は凍り付き、代わりに魔女が目を覚ましていたのか。そして目覚めた魔女はこの世界に災厄を招く……。

そう恐る恐る問えば、ヴィクターが何とも言えない表情で頷いた。だがすぐさま「だけど」と否定の言葉を口にする。

「僕がそんな事はさせない。何をしても、何を賭しても、フルールを護ってみせる」

「ヴィクター……」

　はっきりとした言葉で告げられ、フルールは彼の名前を呼ぶと同時にそっと胸元に手を添えた。

　這い上がってくる魔女の意識に当てられ体中が凍てつきかけた瞬間、胸元が火を灯したように温かくなった。その熱により消えかけていた意識が戻り、自分を呼ぶ声を聞く事が出来たのだ。

　あの時の感覚を辿るように胸元に触れれば、ふわりと柔らかな布の感触が手に伝わった。

　赤い布で作られたリボンタイ。中央に飾られた白い石はいつ見ても美しい。

「意識が無くなりかけた時、このリボンタイが温かくなって私を助けてくれたの。この石、ヴィクターの魔力が込められているのよね？」

「おまじないみたいなものだよ。でも役に立って良かった」

　穏やかにヴィクターが笑う。

　あの瞬間に感じた温かさはきっと彼の魔力なのだろう。それがフルールの意思を繋ぎ止め、目覚めかけていた魔女を抑えつけた。

『強い魔力は蓋になる』、以前にヴィクターがシャレルに話したという言葉だ。なるほど確かに、緩やかにそれでいて強く魔女の素質を抑え込むあれは喩えるならば蓋だ。

「……私、何も知らなかった。このリボンタイだって、高価な品物を貰うのは気が引けるとかそんな事ばっかり考えてたわ」

身勝手な考えに申し訳なさを覚えれば、ヴィクターが慌てたように宥めてきた。

「フルールは何も知らなかったんだから仕方ないよ。そもそも、僕やシャレル達がフルールに気付かれないようにしていたんだ。知らなくて当然だろう」

過去、己に魔女の素質があると知った者が耐えきれずに命を絶った事があった。他にも、周囲がその事実を知るや素質を持つ者を迫害したり、家族諸共害そうとしたり……、と、悲しい結末を迎えた者は少なくない。

それを踏まえ、ヴィクター達はフルールにはもちろん、それどころかフルールの両親にもこの事実を知らせまいと考えたのだという。それはきっと悩みに悩んだ末の決断だったのだろう。同時に、何よりフルールの事を想っての決断だったに違いない。

「だけど、今になって思えばきちんと話をしておくべきだった。僕は駄目だな。この件だって一方的に考えて、勝手に決めて、その結果がこの有様だ。最悪な状況でフルールが知る事になってしまった。……ごめんよ」

切なげな表情でヴィクターが謝罪の言葉を口にする。普段凛として余裕を漂わせている彼らしくない声色と表情。

その様子にフルールは居た堪れなくなり、所在なさそうに己の膝に置かれているヴィクターの手にそっと自分の手を添えた。彼の手が小さく震えたのが肌を伝って分かる。

「私だって一方的だったわ。護られてるなんて思いもしないで逃げてばっかりで……。私の方こそごめんなさい」

「謝らないでくれ。確かに僕はフルールを護っていた。だけどそれだけじゃない。僕がフルールと一緒に居たいからいつも付き纏っていたんだ」

「ヴィクター、私きちんと貴方と向き合いたい。私達、自分の気持ちに必死でお互いの気持ちを考えられなかったでしょう？　だからずっと擦れ違ってた」

「……だけど僕はきみが本当に迷惑だと思っているのに気付かず、強引に迫ってしまった。だからもう、僕の事は」

俯きがちに話すヴィクターに、フルールは「だからそれが駄目なの」と彼の手をぎゅっと握った。

驚いたヴィクターがこちらを向く。紺碧の瞳にじっと見つめられ、フルールもまた思いの丈を込めるように彼を見つめ返した。

「確かに迫られて困っていたわ。逃げようとしていたのも事実。……だけど、私、一度も貴方からの愛を疑った事は無かったわ」

はっきりと告げれば、ヴィクターが紺碧の瞳を瞬かせた。

「ヴィクターの部屋に行く前、マチアス様からヴィクターは魔女の素質を抑えるためだけに私のそばに居るって言われたの。愛されているなんて勘違いして馬鹿な女、とも言われたわ。あの時の私は自分の事さえもわけがわからなくて混乱してて……、でも彼の話は信じなかった」

「……フルール」

「だてに十年以上も付き纏われてないわ。魔女については分からなくても、ヴィクターの私への気持ちが本物だっていう事は分かってる」

彼の手を握り彼の瞳をじっと見つめたまま、胸の内を打ち明ける。

話を聞いたヴィクターはしばし黙り込み、だがフルールの言葉を理解したのだろう、次第に瞳を輝かせだした。

その反応は分かりやすくて面白く、フルールが小さく笑みを零す。ふとした時の反応は子どもの頃から変わらない。いや、むしろ今の彼の反応は子どもの時以上に分かりやすい気がする。

そうして瞳を輝かせたまま、ヴィクターがフルールの手を握り返してきた。ぐいと身を寄せてくる。

「フルール、きみの事が好きだ。好きすぎて、その感情に必死になって自分の気持ちばかり押し付けていた。もしもきみが僕と向き合ってくれるなら、ちゃんとペースを守るよ」

ヴィクターの真っすぐな言葉に、フルールの心臓がトクンと跳ねた。

鼓動が速まるが嫌な気持ちはしない。胸に熱が灯り、頰までも熱くなる。「私も」と呟くように発した声は上擦っていて細い。

「私も……、ヴィクターの事が好きだと思う。少なくとも、貴方からの愛の言葉を嬉しいと思うぐらいには好きだわ」

気恥ずかしさとまだ落ち着かない胸中から、フルールの言葉は随分とあやふやだ。

だがそんな言葉でもヴィクターには十分だったのか、もとより輝いていた瞳を更に輝かせた。紺碧の瞳が、まるで眩い宝石を見るかのようにフルールを見つめてくる。

「今、好きって言ったかい？　言ったよな！　ようやく言ってくれた！」

ヴィクターの声に歓喜の色が混ざっていく。

そうして感極まったと言わんばかりに抱きしめようとし……、すんでのところで彼の腕が止まった。

「……ここで抱きしめようとするから駄目なんだな。僕は少し『待て』を覚えないと」

ゆっくりと腕を降ろしながらヴィクターが己の行動を省みる。おまけに「マフィンはちゃんと『待て』が出来るのに」と自分と愛犬を比べだすではないか。

それが面白くフルールは耐え切れずに笑いだしてしまった。「ヴィクターってば」と笑いながら呼べば、彼が気恥ずかしそうに頭を掻く。その仕草もまたフルールの笑いを誘う。

次いで彼はフルールの手をそっと取った。誘うように自分の口元へと促す。

「でも、これぐらいは許してくれるかな」

そう穏やかな声で告げ、フルールの手の甲にキスをしようとし……。

それを見た瞬間、フルールは一気に沸き上がる羞恥心に顔を赤くさせた。

「言った直後に、もう!!」

彼を咎めてその場からパッと姿を消し……、そして数歩先の窓辺に姿を現した。

「自室！」と思わず声をあげてしまう。

それを聞いたヴィクターが声をあげて笑うのを見て、フルールはしてやられたと赤くなった頬で彼を睨んだ。

「早くリデット家に戻るわよ！　ふざけてばかりだと嫌いになっちゃうんだから！」

「それは困るな。急いで戻ろう」

そんなやりとりの末に、二人で部屋を出て行った。

フルールとヴィクターがリデット家に到着した時には、既に夜会は終わっていた。

幸い来賓達は今回の騒動に気付かずに帰っていったらしい。マチアスが秘密裏に行動していた事、ヴィクターの部屋の防音魔法、そしてクリスティーナもヴィクターの洗脳魔法が完了するまではただの来賓として振る舞っていた事が功を奏したようだ。

夜会の余韻は消え失せ、代わりに屋敷の広間には異様な空気と光景が広がっている。

元よりリデット家の警備を務める者達と、国から派遣された警備。そして今回の企みを知らず純粋にクレアン国から派遣された警備達が、警戒と困惑を綯い交ぜにした表情でクリスティーナと配下を囲む。

　事件の顛末については——もちろん魔女については抜きでだが——シャレルとカティスから聞かされているようだが、話を聞いてもいまだ彼等は半信半疑と言いたげだ。

　無理もない。シャレルとカティスは貴族の侍女と執事、対してクリスティーナは一国の王女なのだ。どちらの話に重きを置くかは明白。……なのだが、クリスティーナ達はいまだ錯乱しており碌に話が出来る状況ではなく、更に彼女達は「こんなはずじゃなかった！」だの「もっとうまくやれたのに！」だのと声を荒らげている。周囲が近付くのを躊躇うほどの変わりようが、シャレル達の話の信憑性を増させていた。

「クリスティーナ王女がこちらの品を所有しておられました」

　そう話しながら警備の一人がフルールとヴィクターに声を掛けてきた。彼が差し出してきたのは金細工で囲まれた拳大の宝石。

　吸い込まれそうなほど濃い赤色は美しいが同時に威圧感を放つ。魔力増幅器だ。フルールが恐る恐る覗き込めば既に淀みや渦は消えており、底に細かな文字が刻まれているのが見えた。

「クレアン国の保管庫に管理されているはずの魔力増幅器だ。クリスティーナ王女が無断で持ち出したと話していた。クレアン国に急ぎ確認を」

「かしこまりました。しかし、この事態は……。我々では判断しかねます」

「それなら本人に聞けば良い」

あっさりと結論付け、ヴィクターがクリスティーナへと近付いていく。

フルールは隣に並びつつもどうするのかと彼を見上げた。クリスティーナの前に立つ彼の表情は随分と冷ややかだ。

彼女に付き纏われている時でさえこんな表情は浮かべていなかった。いくら疎ましいと思っていても、公爵子息として両親や周囲に迷惑をかけまいと必要最低限の礼儀と敬意をもって接していたのだろう。

だが今はそんな体面を気にする余裕も無いのか、もしくはもう体面を気にする必要は無いと判断したのか。冷え切った態度は露骨で、周囲にいる警備の者達さえも怯えを抱くほどである。

「こ、こんな事になるなんて思っていなかったのよ……！　私がヴィクター様を救って、それで！」

「洗脳の魔法で僕を惚れさせて、無理やりに僕と結婚するつもりだったんだろう？　すべては自分が女王の座に就くために。そうだろう、なぁ、クリスティーナ王女？」

「……私」

声を荒らげていたクリスティーナが言葉を詰まらせ……、次いで「そうよ」とはっきりと肯定した。

周囲にいた警備達からざわつきが上がる。

「だって王位継承権が欲しかったのよ。それなのにお父様もお母様も貴女には無理だって言うから。だからヴィクター様と結婚しようと思ったの。魔力量の多いヴィクター様ならきっと周りも文句を言ってこないって、マチアスがそう言ってたのよ」

「それでわざわざ魔力増幅器まで持ち出したのか。洗脳の魔法は禁止されているし、魔力増幅器の使用も違法だ。それは分かっていたんだな？　そうだろう、なぁ、クリスティーナ王女？」

「えぇ、分かっていたわ。でもバレなければ良いんだってマチアスが言ってたの。ヴィクター様だって、私と結婚すれば自由になれて喜ぶって。それに夜会で結婚を発表すれば後に引けなくなって応じるしかないって言ってたわ」

「……聞いてるだけで腹が立ってくる話だな」

うんざりした表情でヴィクターが呟く。その声には怒気を通り越して呆れの色さえあった。

クリスティーナの話はそれほどの内容なのだ。これにはフルールも、それどころか周りで聞いていた警備や、何事かと不安そうにしていたリデット家夫妻さえも唖然とした表情を浮かべていた。

あくまでクリスティーナの言い分は我が儘の域を出ず、だというのにここまでの事を仕出かしてしまったのだ。

そしてただの自分の我が儘だと思っているからこそ、クリスティーナはヴィクターの問いに悪びれることなく洗い浚い喋っている。……と、周囲は思っているのだろう。

「この浅はかさなら、僕が問わなくても全部話しそうだな」

「……そうね」

ヴィクターの唸るような呟きに、フルールも思わず同意してしまった。

だがクリスティーナの口から『魔女』という単語が発せられると、フルールは呆れの表情をサァと青ざめさせた。彼女はあくまで自分の無罪を訴えるように「この女だって！」とフルールを睨みつけている。

魔女なのに！　ヴィクターを縛り付けているのに！　……と。まるで癇癪を起こした子どものように。

周囲が更にざわつきだした。誰もが不思議そうに『魔女』の単語を口にしている。シャレル達が何やら話し合っているのはこの場の打開策を考えているのだろうか。

フルールの胸に不安が沸き上がる。

いまや魔女は童話の中の存在だ。現にフルールとて、自分の中に魔女の素質があると言われてもすぐには理解出来なかった。

そんな話を、こんな混乱の場で、それも喚き散らすように話したところで周囲が信じるわけがない。

……だけど。

信じるわけがない。という確証が、それでも不安で揺らぐ。

「そ、そんな、魔女なんて……」

せめてと否定の言葉を口にするものの、その声は随分と上擦ってしまっている。

元来、フルールは嘘が苦手な性格なのだ。何かを誤魔化す時でさえ白々しくなってしまい、何度ヴィクターから「その分かりやすさもフルールの魅力だ」と苦笑された事か。

そんな性格なのだから、この状況でしらを切り通せるわけがない。かといって肯定なんて出来るわけもなく、どうしようかと不安に混乱と焦りが混ざる。

そんなフルールと比べて隣に立つヴィクターはいまだ落ち着いた様子で、「魔女か」と静かに呟いた。改めてクリスティーナをじっと見据える。……先程よりも冷えた瞳で。

「フルールが魔女だと言いたいのか？」

「そうよ！　この女の中に魔女の素質とかいうのがあって、それが目覚めると世界が大変な事になるのよ！　だからヴィクター様は仕方なくこの女のそばにいるってマチアスが言ってたの！」

「これ以上頭が痛くなるような話はしないでくれ。きみは『魔女がどうのと馬鹿げた話』と言っていたじゃないか。そうだろう、なぁ、クリスティーナ王女？」

クリスティーナに対しての呆れを隠しもせず、ヴィクターが溜息交じりに問う。

その口調や声色は普段の彼らしいものだ。多少呆れの感情が露骨になってしまっているが、周囲の者達もさして疑問に思うまい。むしろこれだけの騒ぎを起こされ、わけの分からない言い分を並べ立てられ、挙げ句に魔女がどうのと言い出されたのだから、彼が呆れるのも当然と考えているだろう。

……その問いかけの裏に、嘘も偽りも許さぬ本音を暴き出す魔法が込められているとも知らず。

「ヴィクター、それは……」

このまま彼に魔法を使わせていいのか迷いが生まれ、フルールがヴィクターの名を呼ぶ。

だがそれを制するように肩を優しく叩かれた。振り返ればいつの間にかシャレルが横に立っており、彼女は静かにヴィクター達のやりとりを見つめている。人差し指を口元に添えるのは『ここは彼に任せて静かにしていましょう』と伝えたいのだろう。

彼女の無言の提案に従い、フルールも口にしかけた躊躇いの言葉を飲み込んだ。

まるでそれに代わるように、ヴィクターに問われたクリスティーナが口を開く。

「えぇ、そうよ。『魔女がどうのと馬鹿げた話』だと確かに言ったわ。だって私はヴィクター様と結婚して王位継承権が欲しかっただけだもの」
己の口で、己の話を馬鹿げた話だと言い切る。

クリスティーナのこの発言を聞いた瞬間、周囲で怪訝そうにしていた者達の顔が一転して呆れの色に変わった。『なんだ、マチアスに騙されたクリスティーナがその場しのぎに喚いているのか……』と。誰もがこう思ったに違いない。

もとより周囲の者達は『魔女』を童話の中の存在でしかないと思っていたのだ。それを他でもない言い出したクリスティーナ本人が馬鹿げた話だと切り捨てたのだから、この話題は一気に与太話に成り下がった。

途端に周囲の空気が白けるのを感じ取り、フルールは小さく安堵の息を吐いた。ヴィクターに視線をやれば、彼もまたフルールの視線に気付いたのだろう、ちらと横目で窺ってきた。

目が合った、そう感じ取った瞬間のヴィクターの笑みの悪戯っぽい事といったらない。
「うまくやっただろう？」と得意げな彼の声が聞こえた気がした。

エピローグ

クリスティーナが起こした騒動は国家間の問題にまでは発展せず、クレアン国からの謝罪で幕を閉じた。

表向きは『我が儘に育った王女が他国の公爵子息相手に面倒事を起こした』程度でしかなく、両国ともに争いにまで発展させるべきではないと考えたのだ。

なにより、被害者であるヴィクターと巻き添えを食ったフルールが問題を大きくするのを良しとしなかった。謝罪で十分だという二人の結論に、クレアン国側はさぞや安堵し、また感謝したに違いない。

おかげで二人の評価は自国内でもクレアン国内でも上がっていた。迷惑を掛けられても謝罪で済ませた寛大な公爵子息と男爵令嬢。対してクリスティーナの評価は下がる一方で、王族からの除名こそ免れたものの、以前のような甘やかされた我が儘生活は送れないだろう。禁止されている洗脳魔法の使用と魔力増幅器の違法使用、二つの罪に対しては王族とはいえ厳しい処罰が下されるとも噂されている。

こうして事態は穏便に幕引きとなり、一ヵ月が経つ頃には平穏な日々に戻っていた。

もっとも、王女の失態とそれに宰相が関わっていた事実、そして黒幕たる宰相がいまだ行方知れず……、というクレアン国の上層部は当分は平穏とはいかないだろうが。

「……マチアス様と、あの時一緒にいた配下達はまだ見つかっていないそうです」

とは、なんとも言えない表情のルド。

慣れた手つきで紅茶の手配をし、一脚に腰掛けているシャレルの前にカップを置いた。

その際の「どこに行ってしまったのか不思議だなぁ？」というルドの言葉はこれでもかと他意が込められているが、告げられたシャレルはどこ吹く風である。

「さぁ？　私には不思議な話すぎてよく分からない。ねぇカティス」

あっさりと返すシャレルの白々しい事と言ったらない。

おまけにカティスまでもがそれに続くのだ。

「俺にもさっぱりだ。不思議な話もあるもんだ」

双子ゆえどことなく似通った顔が同じように白を切る。そんな二人をルドが不満そうに睨みつけ、だがこれ以上聞き出すのは無理と判断したのか自らもまた一席に着いた。

まったくと言いたげな呆れを込めた表情。だがそこに魔女狩りの一族を畏怖する様子はなく、そんなルドの反応にシャレルとカティスがどことなく嬉しそうにしている。

ルド曰く、フルールと別れてマチアス達を監視してしばらく、どこからともなくシャレルとカティスの親族を名乗る集団が現れたのだという。

魔女狩りの一族。どうしてこの件を知っているのか、どうしてこんなに早く来たのか、マチアス達をどこに連れて行くのか……。そんな疑問を抱いたものの、闇夜に紛れるように行動する彼等は奇妙の一言に尽き、問う事が出来なかったらしい。

きっとマチアス達は碌な目には遭わない。だから知らない方が良い。そう本能が訴えたのだとルドが話す。

「ごめんね、ルド。おかしな事に巻き込んで、貴方に秘密を抱えさせる羽目になったわ」

今回の件に関してルドは無関係だ。彼には魔女の素質も無ければ、そもそも魔女の素質についても知らなかった。シャレルとカティスのように魔女狩りの一族でもない。

ただフルール付きというだけで今回の件に関わり、魔女についてや真相を公表しないと決めた今、彼もまた秘密を抱える一人になってしまったのだ。

それを詫びれば、慌てた様子でルドが謝罪の必要は無いと宥めてきた。

「俺は魔女とか魔女狩りとかいまだによく分かっていませんが、お嬢様が穏やかに生活出来るよう努めるのが俺の仕事です。そのためなら秘密の一つや二つ。むしろお嬢様のための秘密ともなれば抱える事が名誉になります」

「ありがとう、ルド」

彼の気遣いと優しさに謝罪ではなく感謝を示せば、ルドが照れ臭そうに笑った。その表情から彼の心からの言葉だと分かる。

続くようにルドに感謝を示したのはヴィクターだ。改めて礼を告げ、同時に、今後の助力を求めだした。もちろんこれにもルドは快く応じてくれた。

真相を知るのはこの場にいる者達のみ。そして誰も真相を世間に公表することを良しとしない。つまりこれ以上の騒ぎは起こらないし起こさない。

さすがにすべてとはいえないがひとまず落ち着いたのだと考えれば、自然とフルールの口から吐息が漏れた。安堵と……、そして拭いきれない不安の吐息。

察したのか、ヴィクターが宥めるように名前を呼んできた。テーブルの上に置かれたフルールの手を握ろうとしたのだろう、そっと手を伸ばしてくる。

だが触れる直前に彼の手がぴたりと止まり「手を握っても？」と尋ねてきた。

フルールのペースで距離を縮めるためだ。

だけど改めて許可を求められるのはそれはそれで気恥ずかしく、フルールは己の頬がほんのりと赤くなるのを感じつつ「どうぞ」と返した。

許可を得たヴィクターの手が自分の手に重ねられる。温かく大きな手だ。フルールの反応を窺うようにゆっくりと指を絡めて握ってくる。一つ一つの動作が妙に遅いのはフルールの反応を窺っているからだろう。それがどうにもくすぐったい。

そんなやりとりを見てとり、シャレルとカティス、更にルドまでもが徐に立ち上がった。

「シャレル、今後もフルールお嬢様の侍女として務めるのなら紅茶の淹れ方を教えてやる。これこそ本当の侍女の嗜みだ」

「侍女の嗜み……。分かった、覚えよう」

「それなら俺も習おうかな。よろしくルド」

「カティス、まさか……」

「俺もよく茶器を引っ繰り返すんだ。この前は力み過ぎてポットを割った」

よろしく、とシャレルとカティスがルドを挟んで歩き出す。言い出しておきながら先行き不安と感じているのか、二人を連れるルドは既に疲労を感じさせる表情だ。

彼等はこの場を去ろうとし、だが揃えたように立ち止まると振り返った。

「どうぞお二人でごゆっくり」

口を揃えて告げ、今度こそ振り返らずに歩いていってしまった。

そうしてルド達が居なくなれば、ヴィクターと二人きりだ。

去り際の彼らの言葉にフルールは先程より更に頬を赤らめていた。『お二人でごゆっくり』と、あえて言われるとヴィクターと二人きりだという事を意識してしまう。

途端に握られている手が気になりだすが、かといって引き抜くわけにもいかない。せめて意識を逸らすように「そういえば」と話を始めた。

「私なりに魔女について調べてみたの。といっても昔話を読んだり、シャレルに話を聞く程度だけど」

「そうか……。なにか分かったかい？」

「実はいまいち。まだどうしたら良いのかもよく分からないわ。でもきっと大丈夫だって信じてる」

そう前向きにフルールが話せば、ヴィクターが穏やかに微笑んで頷いてくれた。

手を握ったまま。

彼の手から温かさが伝わってくる。そのぬくもりは手から胸にまで広がり、安堵に変わる。

こんな風に前向きに居られるのもヴィクターがそばに居てくれるからだ。

「ヴィクターが護ってくれるっていうのもあるけど……、それ以上に、私のことを好きだと言ってくれるひとがそばに居ることが心強いの」

「そばに居るよ。フルールを護るためもあるけど、それと同じくらい、僕がフルールのそばに居たいんだ」

穏やかな声色のヴィクターの言葉に、フルールもまた微笑みながら頷いて返した。

彼の真っすぐな言葉を今は純粋に嬉しいと思う。

「私ももう少し積極的になった方が良いのかしら」

「僕はフルールの奥手なところも好きだけどね。でもフルールから迫ってくれるのも大歓迎だよ」

「私から……。ねぇヴィクター、私、最近ずっとヴィクターに積極的に迫っていたでしょう？　……あれは、その」

すべてはヴィクターを困らせるためだった。その事実はクリスティーナの洗脳魔法で話させられたが、あれ以降話題には出していない。

騒動のせいでうやむやになっていたが、これもきちんと自分の言葉で伝えなければ。そう考え、フルールは改めてヴィクターに向き直った。

「あれは、確かにあの時クリスティーナ王女に言わされたように、ヴィクターを困らせるためだったの。ヴィクターを真似ればきっと困るだろうって……。貴方の気持ちを弄ぶようなことをしてごめんなさい」

「謝らないでくれ。そもそも僕が一方的だったのが悪いんだ。それに……、フルールの考えに気付かずにただ喜んでた」

「喜んでたの？　困るんじゃなくて？」

「好きな子が僕に会いに来て、僕のためにプレゼントを選んで、パーティーでもずっと一緒に居てくれるんだ。これを喜ばない男はいないだろ」

事実を知った今、純粋に喜ぶ事はできないのだろう、ヴィクターが何とも言えない表情で胸の内を語る。

それを聞き、フルールはしばし考えた後「善処するわ」と返した。

「今度はヴィクターを困らせるためじゃなくて、喜んでもらうために積極的になってみる」

「本当かい？　それならまずはこれを受け取って貰おうかな」

さっそくと言わんばかりにヴィクターが上着の胸ポケットから小さな箱を取り出し、フルールに差し出してくる。

この流れは……、とフルールが今までの展開を思い出した。何度も彼に贈られて、そして自分も贈り返そうとした。プレゼントだ。

今までは高価な品物を贈られるのは気が引けると断っていたが、実は自分を護るためだった。それどころか、ヴィクターがクレアン国に行っている間に交わしていた手紙にも彼の魔力が込められていて、フルールを護ってくれていたというではないか。

それを知った今、彼からの贈り物を無下には出来ない。

なにより、積極的になると宣言したばかりなのだ。

……だけど貰う一方ではやはり気が引けてしまう。

「ヴィクター、私を護るために物を贈ってくれるのは有難いけど、でもやっぱり貰ってばかりじゃ申し訳ないわ。私まだ貴方に牛を贈り返してないし」

「牛はいつか一緒に競りに行こう。それに今回は別にフルールを護るための贈り物じゃないよ。僕の魔力も込めてない」

「そうなの？　てっきり今までのプレゼントは全部私を護るためだと思ってたけど……」

過去、フルールはヴィクターから数え切れないほどのプレゼントを贈られている。ドレスや靴、アクセサリー、ハンカチ、花、お菓子……、挙げれば枚挙に遑がない。フルールが断ってもあの手この手で押し付けてきたのだ。

てっきりそれらすべてが魔女の素質が目覚めるのを抑えるためだと思っていたが、どうやらそうでもないらしい。ヴィクター曰く、確かに彼の魔力が込められた品は魔女の素質を抑える事が出来るが、あればあるだけ効果が出るというものでもないのだという。

つまり……、

「一部のプレゼントは、ただ贈りたいから贈ってたって事？」

フルールが問えば、ヴィクターが爽やかに微笑んで「そういう事になるね」とあっさりと肯定した。

「割合で言えば、ただ僕が贈りたいから贈ってたのは全体で四割ぐらいかな」

「その微笑みのまま四割って断言するって事は実際は五割ね。……いえ、むしろ六割ぐらいかしら」

「さすが僕のフルール、僕の事は何でも分かってくれてるんだね」

嬉しそうにヴィクターが話し、さっそくと白い小箱を開けた。

中から取り出したのは指輪だ。薄水色の綺麗な石が嵌められている美しい指輪。銀のリングには繊細な細工が施されている。

そんな指輪を手に、ヴィクターがフルールの左手を取ってきた。薬指を撫でてくる。

「一生かけてフルールを護るよ。一生そばに居る。……フルールさえ良いって言ってくれたらだけど」

指輪をフルールの薬指の指先にかけたまま、ヴィクターが乞うように告げてくる。指先で止めて指輪を嵌めてこないのは、きっとフルールのペースに合わせると決めたからだろう。紺碧の瞳はもどかしそうで、その奥に隠しきれぬ熱が灯っているのが分かる。

積極的なのか消極的なのか分からないその仕草が面白く、フルールは思わずクスと笑ってしまった。

相変わらず彼のアプローチには恥ずかしさを覚えてしまう。顔も赤くなっているだろう。だけどやはり嫌ではない。そもそも、彼の積極性には困りはしたが一度として嫌とは思っていなかったのだ。

そして今は、嫌ではないを通り越し、困りもせず、ただ純粋に嬉しいと思える。

だからこそきちんと答えるためにそっと手を動かし、彼の持つ指輪に自ら嵌めるように指を進めた。自然と手が触れ、指を絡めるように手を握り合う。

フルールの薬指に指輪が嵌まるのを見て、ヴィクターの顔がぱっと明るくなった。

「ありがとう、嬉しい……」

絡めた手をそっと離して、礼を告げながら指輪を見つめる。

華美過ぎずさりとて地味でもなく、センスの良さを感じさせるデザイン。中央に嵌められた石がとりわけ美しい。

「お返しは牛で良い？」

「牛も良いけどフルールの焼いたクッキーも良いな」

「競りは当分ないらしいから、今度ヴィクターのためにクッキーを焼いてあげる」

そんな会話をしつつフルールが指輪を眺めていると、そっとヴィクターが手を取ってきた。今度もまた「もう一度触れても？」と許可を求めてくる。

それに対してフルールが微笑んで返せば、彼の手がゆっくりとフルールの左手を取り引き寄せてきた。

彼の唇へと導くように……。

「いままでは逃がさないと思っていたけど、これからは逃げないと信じていいんだよね。僕のフルール」

誘うような声色で告げて、ヴィクターが指先にキスをしようとしてくる。

「だからそうやってすぐに調子に乗る……！」

突然積極性を見せるヴィクターをフルールは顔を真っ赤にさせて咎め、高まる羞恥心に耐え切れずに魔法で姿を消し……、はせず、すんでのところで留まった。

てっきりフルールが消えると思っていたのだろう、ヴィクターが意外そうな表情で見つめてきた。

「……そ、それぐらいなら良いわ。私だって、ちゃんとヴィクターの気持ちに応えたいと思ってるんだもの」

だから、と告げ、フルールは恥ずかしさで鼓動を速める心臓を右手で押さえてなんとか落ち着かせた。

恥ずかしくて彼の顔を見ていられない。思わず視線を他所へと向けてしまう。

自分の手を握るヴィクターの手に僅かに力が入るのが分かった。ゆっくりと己の左手が誘われる。

ついにこの瞬間が！　とフルールは覚悟を決め……、

……、

…………決めたものの、一向に何も触れない自分の左手に疑問を抱き、逸らしていた視線をヴィクターへと戻した。

彼はフルールの手を口元に寄せたまま止まっている。

頬を赤くさせながら。

「ヴィクター、どうしたの？」

「まいったな……。てっきりフルールが魔法で消えてくれると思っていたんだけど」

気恥ずかしそうに笑うヴィクターは頬どころか耳まで赤くなっているではないか。

そんな彼の態度にフルールは数度目を瞬かせ、だが次第にその目をゆっくりと細めた。悪戯っぽくにんまりと笑う。

次いで、彼の手を握り返すと、今度は自分の方へと引き寄せた。隙を突かれたヴィクターが目を丸くさせる。

だが彼が問うよりも先に、フルールは引き寄せたヴィクターの手を口元に寄せた。僅かに開かれた唇は何をするのかと問いたいのだろう。

節の太い男らしい彼の手に己の唇をそっと触れさせる。指先がぴくと揺らいだのが唇越しに伝わり、それがまた恥ずかしさを増させる。

「フルール……！」

ヴィクターが慌てたように呼んでくる。

それに対して、フルールは自分の鼓動が早鐘を打つのを感じながらもパッと彼の手を離した。冷静を装うがきっと顔は赤くなってしまっているだろう。頬が熱い。

「これからは私だって迫るんだから、覚悟してね」

魔法で消えそうになるのを堪えながらヴィクターに告げれば、頬を赤くさせた彼が嬉しそうに笑った。

あとがき

皆様こんにちは、さきです。

この度は本作を手に取って頂き、ありがとうございました。

ラブコメでもコメディが先行しがちな私にしては珍しく、本作は最初から恋愛色が出ております。いかがでしたでしょうか？

ちょっとずれたフルールと、フルールの事が大好きなヴィクター。そんな二人は書いていてとても楽しかったです。


素敵なイラストを描いてくださったNRMEN様、ここまで導いてくださった担当様、そしてこの本を手に取ってくださった皆様、本当にありがとうございました！


ありがたいことに本作はコミカライズ企画が進行中です。

フルール達の物語、漫画でも楽しんで頂けたら幸いです。

さき

「公爵子息の執着から逃げられそうにないので、逃げないことにしました」の感想をお寄せください。
おたよりのあて先
〒102-8177　東京都千代田区富士見2-13-3
株式会社KADOKAWA　角川ビーンズ文庫編集部気付
「さき」先生・「NRMEN」先生
また、編集部へのご意見ご希望は、同じ住所で「ビーンズ文庫編集部」までお寄せください。

公爵子息の執着から逃げられそうにないので、逃げないことにしました

さき

角川ビーンズ文庫　24230

令和6年7月1日　初版発行

発行者――山下直久
発　行――株式会社KADOKAWA
〒102-8177　東京都千代田区富士見2-13-3
電話 0570-002-301（ナビダイヤル）
印刷所――株式会社暁印刷
製本所――本間製本株式会社
装幀者――micro fish

●お問い合わせ
https://www.kadokawa.co.jp/（「お問い合わせ」へお進みください）
※内容によっては、お答えできない場合があります。
※サポートは日本国内のみとさせていただきます。
※Japanese text only

ISBN978-4-04-115080-1 C0193 定価はカバーに表示してあります。